MARIE-VIRGINIE DRU

REGARDE LE VENT

roman

ALBIN MICHEL

Pour Iris, qui chine pour nous au paradis.

« La buée des existences passées ne s'évapore pas : elle souffle dans nos vies et nous mène là où nous ne pensions jamais aller. »

Delphine Horvilleur

Prologue

Notes sur les articles 311 et 312 du Code pénal :

« Il y a abus de confiance quand une personne s'approprie un bien que lui a confié sa victime. Cela peut être une somme d'argent, une marchandise ou une œuvre. Aucune poursuite légale ne pourra être engagée pour l'abus de confiance entre époux.

Le vol entre époux n'est pas reconnu. Un époux peut, par exemple, partir du domicile conjugal en emportant tous les biens qu'il souhaite. »

PREMIÈRE PARTIE

Les âmes flânantes

Un rêve impossible

Camille termine de préparer sa prochaine visite. Elle regarde par la fenêtre et, à l'aide de ses doigts, commence à compter. Bientôt sept ans qu'elle promène des petits groupes dans les méandres d'un Paris mystérieux. Guide conférencière, un travail à mi-temps, et à mi tout court, comme le lui fait souvent remarquer Raphaël qui trouve que sa femme a trop de temps libre. « Juste un hobby, dit-il. D'ailleurs, elle ne pourrait pas en vivre, ou alors à moitié. Et encore ! »

Il ne croit pas si bien dire. Camille a si souvent l'impression de vivre à moitié, dans l'à-peu-près. Presque quarante ans, ni jeune ni vieille, un entre-deux tiède. Une vie où rien ne dépasse. Parfois Camille voudrait retrouver cet âge où tout semble possible, où le moyen n'existe pas. Ce temps de l'insouciance où l'on peut refaire le monde, partir sur un coup de tête et dormir jusqu'à pas d'heure. Oui, retourner en arrière : « S'il vous plaît, on peut recommencer, je n'étais pas prête ! » Trop tard, les jeux sont faits. Les habitudes ordonnent les jours. C'est comme ça !

Elle regarde l'heure sur son portable, se lève d'un

bond. Sans vérifier son reflet dans le miroir, elle attrape sa veste et claque la porte. Louise doit l'attendre, planquée à deux rues de son école. Pour Camille, comme pour tant de mères, ses filles sont ses trésors. Jeanne et Louise, douze et quatorze ans, petites et grandes, gentilles et méchantes, courageuses et velléitaires, des paradoxes ambulants. En dévalant la rue à toute allure, elle ne pense plus à rien, pas même à son nouveau projet. Son livre. Depuis qu'elle a perdu sa grand-mère il y a un peu moins de trois mois, elle ressent le besoin d'écrire. Un premier mot hésitant, comme le pied qu'on trempe dans l'eau froide sans être sûr de vouloir plonger… puis une foule de mots qui s'agitent telle une guirlande, et des phrases qui s'assemblent presque par magie. Pourtant, écrire lui avait toujours semblé un rêve impossible.

Depuis trop longtemps, Camille enfouit ses tristesses et ses peurs. Devant Raphaël et leurs amis, elle cherche ses mots et n'arrive pas à terminer ses phrases. Alors elle se tait, mine de rien. Elle ne se serait jamais crue capable de transcrire toutes ces contradictions qui l'habitent. Découvrir que l'écriture peut devancer sa pensée la grise.

Presque chaque nuit, elle quitte son lit en prenant soin de ne pas réveiller son mari. Elle rejoint sa lignée maternelle, sa plume parle pour elle. Elle s'amuse, s'étonne. Parfois même, elle pleure. Et c'est doux de retrouver ainsi sa grand-mère dont elle refuse de se séparer.

Tout a commencé le jour de son enterrement.

Celle qui fut

Y'a d'la joie
Bonjour bonjour les hirondelles
Dans le ciel par-dessus les toits
Partout y'a d'la joie

C'était en plein hiver, un jour glacial. Pendant la messe, Camille n'avait pas pleuré. Pas une larme. Serrée contre ses cousins, elle chantait avec eux en fixant la lumière colorée qui perçait les vitraux de l'église Sainte-Clotilde, pour ne pas se noyer dans la tristesse des ombres grises. Son frère accompagnait les chants à la guitare, en gardant les yeux fermés. Leur grand-mère était morte, et ils célébraient à leur manière la joie qu'elle leur avait léguée.

Puis ils avaient regagné leurs rangs pour s'agenouiller sur les prie-Dieu. Mathilde, la mère de Camille, était assise devant elle, recroquevillée dans son chagrin, elle était redevenue une petite fille qui cherche sa maman. Camille a posé une main sur son épaule. À travers le tissu de sa veste, elle sentait ses os qui tremblaient. Autour d'elles, tout s'est accéléré. Les témoignages remplis d'amour et de souvenirs, les prières, les chants, l'encens et toujours la petite flamme rouge, témoin d'une présence improbable. Pendant que le prêtre parlait de résurrection, le regard de Camille est tombé sur une statue de la Vierge qui, pour la consoler, lui présentait son Enfant.

Sa fille Jeanne s'était placée près de l'autel pour dire une prière. Derrière son pupitre, elle se tenait très droite dans sa robe rose pâle, et lisait un texte de sœur Emmanuelle. Son timbre enfantin avait sorti Camille de ses rêveries. Comme un souffle, la voix de Jeanne faisait vaciller les cierges. Les mots remplissaient le silence, quelques reniflements s'accrochaient aux mouchoirs. Quand la cérémonie a pris fin, Camille a retrouvé sa fille dans l'allée centrale et s'est appuyée sur elle, de peur de s'écrouler.

Dehors, elles ont plissé leurs yeux rougis, aveuglées par le soleil. On venait les embrasser, les réconforter, les féliciter pour cette messe et aussi pour avoir si bien chanté. « Y'a d'la joie », fallait oser quand même ! Des mines contrites qui forçaient leur tristesse et des accolades remplies de compassion. Tous ceux qu'on aime et tous les autres, éclairés par la lumière crue de décembre.

Camille a filé en douce avec sa famille pour suivre le corbillard qui roulait à toute allure. Surtout ne pas louper la dernière heure. Dans l'allée du cimetière, ils se sont groupés autour du cercueil. Jeanne a chuchoté à l'oreille de sa mère qu'elle savait que bonne-maman n'était pas dedans. « Sa maison c'est là-haut, tu sais, avec les anges et les étoiles. »

Calée entre sa mère et ses enfants, Camille était comme un arbre. Plantée. Et ses idées, pareilles aux feuilles, flottaient dans l'air glacial. Puis ses deux filles ont rejoint leurs cousins en sautillant, illuminant cet instant de leur jeunesse frivole. Bonne-maman aurait adoré ! Elle n'aimait que les rires et la gaieté, les couleurs claires et les jardins fleuris.

Des messieurs avec des têtes d'enterrement se sont approchés pour la déposer au fond du trou, sa dernière demeure. On a jeté des fleurs comme autant de baisers. « Regardez le nuage tout rose juste au-dessus de nous, c'est elle ! Elle nous sourit... » Et, telle une vague, les cous se sont tendus vers le ciel qui s'embrasait, puis se sont courbés vers la petite fille blonde comme l'aurore qui le pointait du doigt, seule à avoir vu ce signe qu'il ne fallait pas rater. Des larmes brouillaient la vue de Camille et, à ce moment seulement, elle a pleuré sur tout ce qui nous échappe. Sur tout ce qui nous quitte à jamais.

Puis ils sont repartis par la grande allée, et Camille s'est arrêtée devant une tombe en granit noir qui trônait au-dessus des autres. Sa stèle, représentant un immense escalier donnant sur une porte entrouverte, semblait monter jusqu'au ciel. Attirée par la force qui s'en dégageait, elle s'est approchée pour lire l'épitaphe gravée en lettres d'or : « Pour celle qui fut tout mon bonheur ». Ces mots l'ont bouleversée, l'amour pouvait régner sur la mort, une passion pouvait être infinie. Cet amour-là, auquel elle rêvait depuis toujours.

En rejoignant Raphaël, elle a glissé sa main dans la sienne. Il l'a serrée si fort qu'elle s'est sentie rassurée.

Photos sépia

Quelques semaines après, il a fallu déménager l'appartement de bonne-maman. En arrivant devant chez elle, Camille, par réflexe, a failli sonner. Elle ne pouvait pas croire que sa grand-mère ne serait plus jamais là pour l'accueillir.

Son chat avait pris sa place. Sur le coussin brodé, il avait enfoui sa tête sous ses pattes pour ne pas voir ce qui se passait. Puis il s'était mis en boule, pendant que Mathilde, plus orpheline que jamais, tournait en rond dans l'appartement. Elle s'affairait, ordonnait, triait, étiquetait ce qui avait été la vie de sa mère. Le commissaire-priseur devait passer le lendemain pour mettre un prix sur ces meubles qui furent les témoins de ses jours. Ses petits-enfants avaient déjà choisi l'objet, le bibelot chargé de souvenirs qu'ils emporteraient chez eux. Afin que leur grand-mère continue à les protéger. Chaque recoin était imprégné de sa présence et son parfum flottait encore dans l'escalier de son immeuble.

En voyant sa mère si pâle, Camille craignait qu'elle ne s'effondre au beau milieu des objets autour desquels elle s'affairait. Son oncle était assis derrière un bureau, il remplissait de la paperasse, téléphonait, organisait. Il avait l'air d'un vieil enfant trop sérieux. Dès que sa bonne-maman, au sourire aussi large que le cœur, lui revenait à l'esprit, Camille s'efforçait de retenir ses larmes. Sa grand-mère lui avait enseigné la légèreté, la gourmandise, la joie. C'était à elle qu'elle se confiait, elle qui comprenait mieux que personne ses secrets d'adolescente.

Annette avait toujours été gaie, rose et parfumée. Une grand-mère aussi soyeuse que ses foulards. Aujourd'hui, par son absence, elle devenait pesante pour la première fois.

Camille s'était lovée dans un coin pour trier les albums photos. Il y en avait plusieurs piles, agglutinées derrière le canapé. Beaucoup étaient déchirés à force d'avoir été feuilletés. Elle connaissait par cœur les plus récents. Ceux avec ses filles, avec leurs cousins. Dans d'autres, un peu plus anciens, se succédaient des images témoins de son enfance. Camille avait du mal à se reconnaître dans cette ado au regard intransigeant. Où était-elle passée ? Les dîners de Noël où ils sont tous réunis et les montagnes de cadeaux sous le sapin qui touche le plafond. Les mines réjouies des enfants devant les beaux paquets qu'ils n'osent pas ouvrir. Ces instants magiques qui ne reviendront plus. Cette grand-mère était leur Mère Noël, impossible d'y croire sans elle.

Les photos changent de saison, et voilà des plages remplies de châteaux de sable, de mines barbouillées de chocolat et de pique-niques joyeux. La Baule, Saint-Aubin, Chassignol, les maisons passent comme les années. Tout se mélange.

Camille se sentait alourdie par ces morceaux de vies

qui s'étalaient sous ses yeux. Elle classait les albums en fonction de ceux qui y figuraient, et de l'époque où les clichés avaient été pris. Certains remontaient à très loin. L'un d'eux, qui semblait dater de Mathusalem, s'était ouvert tout seul. Camille a senti un appel. Des photos sépia représentant d'autres plages, d'autres visages, des femmes en robe longue protégées par leurs ombrelles. Des regards profonds qui semblaient l'interroger. Des enfants appuyés sur de grandes pelles avec des rubans plein les cheveux. Des scènes joliment cadrées, des perrons accueillants et des pergolas débordant de glycines. Quelques instants de bonheur dans des sentiers aujourd'hui disparus. Dans les photos de famille, on n'immortalise que le meilleur, pour laisser une trace des beaux jours. Qui étaient ces aïeules qui prenaient vie dans ces souvenirs muets ?

Certains visages lui revenaient en mémoire. Elle avait tout de suite reconnu les yeux pétillants d'Odette, son arrière-grand-mère. Si jolie sur cette image où elle est déguisée en fée. Au bas de certaines photos, des prénoms, des lieux et des dates l'aident à se faufiler dans le passé de ces inconnus qui étaient pourtant ses ascendants. Ce moustachu en redingote à l'œil polisson, Narbonne, 1921, c'était qui ? Camille avait commencé à imaginer, à rêver. À force de remonter le temps, elle ne l'avait pas vu filer. Installée confortablement dans le canapé, elle feuilletait cette succession d'univers désuets avec la sensation d'épier des existences. Les photos se décollaient de leurs pages pour lui raconter une histoire étrange et familière. Elle était curieuse d'en savoir plus sur ces gens qui tous avaient un lien avec elle. Leurs expressions avaient été fidèlement conservées, imprimées, collées, avant de tomber dans l'oubli.

Ce déjeuner sur l'herbe avant la disette. Cette parade dans un chariot avant la guerre. Cet enfant qui sourit juste avant d'être mis au coin. Cette femme entourée qui sera un jour abandonnée. Camille avait l'impression de faire leur rencontre, il ne leur manquait que la parole. Elle aurait voulu entendre leurs voix, découvrir leurs intonations, leurs accents, leurs murmures. Un brouhaha envahissait son cerveau au moment où la sonnerie d'un portable la ramena au présent. En levant la tête, elle a soudain remarqué les murs du salon vidés de leurs tableaux. Des rectangles clairs comme des fantômes faisaient ressortir la peinture défraîchie. Ce spectacle lui arrachait le cœur, la mettait face à ce qui s'efface. Ce qui passe. Ce qui ne reviendra jamais. Comment prolonger le souvenir de ses aïeux ? Elle a reposé les albums, décidée à ne pas perdre cette mémoire. L'idée de son livre s'était enclenchée.

Un peu partout dans la pièce assombrie, plein de petits tas. Des lots prêts à partir pour les enchères. Le seul à ne pas avoir changé de place, c'était le chat. Toujours en boule sur son coussin, il a relevé la tête en jetant un regard hautain. Puis il s'est remis à ronronner et a replongé la tête sous ses pattes, sûrement pour aller retrouver sa maîtresse.

Jours de visite

Les jours se suivent, les nuits s'écrivent. Sa plus jeune fille sautille pendant que l'autre s'évade dans son monde d'ado. Camille planifie ses journées en attrapant les heures au vol, elle file sa vie à toute allure. Des cernes fanent ses yeux, on ne voit que le bleu limpide de ses pupilles.

Deux fois par mois en moyenne, il y a les visites qu'elle organise. Il lui faut au moins une semaine de recherches pour s'imprégner du coin de Paris sur lequel elle a jeté son dévolu. Sa méthode est toujours la même. D'abord elle se perd dans les rues du quartier. Elle frôle les vieilles pierres, pousse les portails entrouverts à l'affût de secrets. Ensuite elle fouille dans ses livres, sur Internet et déniche les histoires insolites qui se sont déroulées dans ces lieux. Allongée sur son lit, elle griffonne sur ces existences passées en se transportant des siècles en arrière.

Les jours de visite, elle attend les participants le ventre un peu noué. Le rendez-vous est à quatorze heures pile. Ils sont en général une quinzaine, majoritairement des femmes. Deux ou trois hommes s'immiscent timidement, ce sont souvent les plus attentifs. L'excursion peut débuter. Camille déambule sur les trottoirs en se tenant bien droite, serrée de près par son groupe. Elle fait de grands gestes en parlant haut et distinctement, elle embarque son escadrille dans un voyage à travers le temps.

Puis vient la nuit… elle émerge de ses rêves, et, sur la pointe des pieds, quitte les ronflements de Raphaël pour retrouver ses feuilles. Les phrases s'enchaînent, Camille dérive, amarrée à son stylo. Elle laisse l'écriture voguer au fil de sa pensée, et s'aventure sur des sentiers inexplorés pour laisser ses mots dépasser les lignes.

Ses héroïnes sont Henriette, Odette, Annette. Dans l'ordre, son arrière-arrière-grand-mère, son arrière-grand-mère et sa grand-mère ! Ses idées s'ordonnent en prenant forme. Elle se sent reliée à une force étrange qui prend racine au creux de son ventre, dans ses souffrances et dans son passé. Comme si elle essorait son âme de profondeurs insoupçonnées. Elle voudrait comprendre ce qui se transmet d'une génération à l'autre, ce qui l'a fabriquée. Beaucoup de ce qui nous constitue vient de si loin. Nous héritons d'une mémoire dont il faudrait pouvoir s'alléger pour échapper à ce qui se répète à travers les générations. Cette mémoire, elle a décidé de l'explorer.

Un rayon de soleil filtre sous la porte, les ombres se déplacent, le jour se lève. Camille va cacher les feuilles qu'elle vient de noircir dans un placard de la cuisine. En revenant dans le couloir, elle jette un coup d'œil au miroir devant elle. Ses cheveux ébouriffés tombent sur son front et ses yeux luisent dans la pénombre. Elle se sourit avant de réendosser son rôle de mère, et tape aux portes : « Allez, les filles, c'est l'heure ! »

Jeanne

Un pas devant l'autre. Surtout pas marcher sur les lignes. Sauter dans les carrés, jouer à la marelle sur le trottoir. C'est mieux dehors, parce que chez moi, il y a cette odeur de trop, trop chaud, trop serré, trop je sais pas quoi, mais trop. Comme elle dit tout le temps ma grande sœur. Trop…

Je n'ai pas touché une seule ligne avec mon pied, trop forte. Pourtant y'a trop de gens autour, bon j'arrête de dire trop, ils me bousculent… un peu, avec leurs grands sacs.

Ah ! cet air dans ma tête, lalalalala, j'ai envie de faire un entrechat. Je suis forte en entrechats, je saute, mes pieds tourbillonnent et vraiment c'est mon rêve d'être un rat d'opéra. Un rat qui aime les chats ! Je veux absolument, énormément, incroyablement, plus que tout au monde entier, devenir danseuse étoile, être tout là-haut avec des fleurs dans les bras. Papa, il ne croit pas que j'y arriverai. Pourtant j'ai été admise à l'école de danse de l'Opéra, c'est ma première année, je suis en sixième division. Mon papa m'appelle sa rate, mais il préférerait que j'arrête de voler sur mes jambes toute la journée et que je retombe enfin sur terre. Il dit des choses, mais elles passent au-dessus de ma tête comme si c'étaient les flèches d'un Indien qui ne saurait pas viser.

Ma sœur, elle me demande toujours : « Tu préfères papa ou maman ? » C'est bête comme question ! Mais j'hésite pas : maman, elle est belle et si douce. Son seul défaut, c'est qu'elle ne voit que ce qu'elle veut, elle ne voit que ce qu'elle aime. On dirait qu'elle filtre les mochetés pour y mettre sa lumière. Elle est naïve. Pas comme moi ! J'ai une loupe dans ma tête, je ressens tout, jusqu'au bout de mes doigts que je tends si loin pour pouvoir tout attraper, même ce que l'on ne voit pas : les battements de cils, les ronds de fumée dans le ciel, les bulles de savon transparentes, les toiles d'araignée planquées dans les coins. Je m'étends en étoile de mer et je vais jusqu'à l'océan infini... Je me faufile, je me glisse partout. Je ne veux surtout rien rater. D'ailleurs ça m'énerve quand on parle dans mon dos. J'ouvre bien mes écoutilles, et j'arrive toujours à entendre ce que je ne devrais pas.

Maman, ma maman sur la terre comme au ciel, elle ne s'en doute pas, mais elle a besoin de moi. Pour l'aider à voir, à savoir. Tiens, je suis déjà arrivée à mon école de ballet. C'est à Nanterre, c'est un peu loin pour y aller, je suis obligée de prendre le RER. À chaque fois c'est pareil quand j'arrive, mon cœur bat fort, il cogne à l'intérieur comme s'il voulait sortir, ce n'est pas parce que j'ai couru, c'est juste parce qu'il aime tellement ce moment-là... Et les après-midi, après les cours barbants de maths ou de français, je suis trop heureuse de me retrouver dans la salle immense toute recouverte de glaces ! Mon cœur m'accompagne, il suit la musique, me donne le rythme et fait des claquettes. Je me sens Marie pleine de grâce.

Je cours vite vers la salle Lifar, je vais encore être en retard. « Bonjour, madame Platel, oui je me dépêche ! » J'accroche mon sac, je remets mon cœur à sa place… et sur la pointe de mes chaussons, j'entre dans mon royaume ! Me voilà !

Les failles

Camille est partie à pied de chez elle, c'est le premier jour du printemps, les arbres bourgeonnent de promesses et un soleil frais l'accompagne. En remontant la rue Saint-Jacques, elle songe aux cycles de la vie, à ceux des saisons, au temps qui file.

Elle s'est retrouvée allongée sur une table au centre d'une petite pièce sombre. Ça sent comme à l'église. C'est son amie Dorothée qui lui a conseillé ce praticien. Les premiers instants, elle se demande ce qu'elle fait là. Puis elle décide de jouer le jeu et ferme les paupières pour être plus réceptive. Deux mains s'agitent autour de son corps pour repérer les failles et les désaccords qui en perturbent l'harmonie. Elle commence à ressentir une profonde léthargie qui l'extrait peu à peu de ce lieu. Par moments, une chaleur diffuse l'envahit et ses pensées flottent en apesanteur. Des images, des réminiscences viennent de loin, pour s'enfuir tout aussi vite. Le va-et-vient des mains et les mouvements de l'air qui l'accompagnent la bercent, un ruban se déploie dans les recoins les plus profonds de ses cellules. Pour alléger ce qui l'étouffe. Des nœuds, des précipices.

Ses veines palpitent en cadence et Camille imagine un chef d'orchestre qui coordonnerait son corps avec sa baguette. Sous cette impulsion, son enfance lointaine a surgi comme la lave d'un volcan qui l'envelopperait. Une sensation à la fois brûlante et réconfortante. Ses épaules tressautent dans la vague qui l'enroule et la submerge. Marée haute, le soleil n'est pas loin, c'est triste et doux, ses larmes coulent pour laisser sortir de son cœur l'océan qui l'inonde. Des pleurs sans tristesse mouillent ses joues, c'est comme une pluie d'été. Des bouffées de son passé transformées en gouttes salées pour nettoyer ses plaies. Pleurer ne lui a jamais semblé aussi approprié. Des larmes serpillières pour étancher ses paniques.

Quand le magnétiseur lui dit qu'il va se placer derrière sa tête pour communiquer avec ses aïeules, Camille n'ose plus respirer. Elle éprouve une crainte irrationnelle face à tout ce qu'elle garde en elle. Son cœur cogne dans sa poitrine, comme une requête. Mais l'homme est déjà en résonance, ses doigts s'incrustent dans son cerveau, ses paumes sont brûlantes.

Le silence est devenu tellement profond que Camille croit entendre des voix qui viennent de très loin. Il suffit d'écouter.

Jeanne

Stop, la barrière est fermée. La petite dame très maquillée sort de sa guérite et, avec une démarche de paresseux, s'avance pour la relever. La gardienne du cimetière des Batignolles, je lui souris avec respect. C'est pas rien de passer sa vie près des tombes et d'être responsable de la frontière qui sépare les vivants des morts. C'est pour ça qu'elle m'impressionne dans son uniforme bleu, avec sa casquette et ses paupières très bleues aussi. Schtroumpfette de la mort.

« S'il vous plaît, madame, une pelle et un arrosoir. » Elle me répond mollement, comme si chaque mot venait de l'autre monde : « Sers-toi, tu les remettras où tu les as pris… » Je prends vite mon barda, oui bien sûr madame, je ne vais pas les garder pour moi, qu'est-ce qu'elle croit, et je file bien vite entre les lignes délimitées des enterrés.

J'écoute fort le silence, il prend toute la place. Maman marche près de moi sans faire de bruit. On vient ici pour voir Annette, sa grand-mère qui est morte juste avant Noël. Mon arrière-grand-mère à moi. Je vais rendre belle sa tombe, je ramasse les fleurs fanées, je plante des petites pensées, elles sont jolies comme tout. Je pense à elle qui n'est évidemment pas en dessous de tout ça, mais en dedans de moi ou alors là-haut avec les étoiles, les nuages, les anges posés dessus et tout le tralala ! Oui, tout est dans le ciel, je le regarde toujours, c'est pour ça qu'on dit que je suis tête en l'air.

Je parle à ma bonne-maman, je sais que la mort c'est pas ne plus exister, c'est au contraire être là, partout avec moi, en moi, je sens son amour qui me frôle. Un arbre très grand est penché au-dessus de sa tombe, je retrouve dans ses branches le sourire qu'elle avait quand j'arrivais chez elle. Elle me préparait toujours mon déjeuner préféré, la salive dans ma bouche rien qu'à y penser, et l'odeur du chocolat qui se mélangeait à son parfum, c'était comme entrer dans le jardin le plus beau du monde. Son gros chat se frottait à mes jambes, je goûtais les délices du mercredi en ronronnant avec lui.

Elle est juste là. Pour toujours. Elle me chuchote des mots avec les ailes d'un oiseau, ou bien dans le vent et les feuilles qui s'échappent en flottant, parfois aussi dans les pas des gens, alors je ferme les yeux pour mieux la retrouver. C'est notre secret, j'adore ce qu'on ne voit pas, ce dont on doute. Les racines des arbres, qui leur permettent de parler entre eux, et qu'on devine sous l'herbe, l'empreinte de la mer qui donne ses rides au sable mouillé, et j'adore aussi me réveiller la nuit et ne pas être certaine que le jour va se lever. Même l'angoisse qui me serre le cœur quand maman n'est pas rentrée et que j'imagine tout plein de choses, c'est bizarre mais j'aime aussi. J'aime ne pas être sûre d'être amoureuse un jour. J'aime être certaine de rien, pour garder la surprise. J'aime les points d'interrogation.

Je ne comprends pas pourquoi les grands veulent tout savoir, tout connaître, tout planifier. Rien ne se passe jamais comme on croit. Je préfère douter de tout, mais je suis quand même sûre d'une chose. Mourir, ce n'est pas la fin, mais la suite. C'est ma seule certitude.

Maman me dit qu'il faut déjà rentrer. On se retourne en même temps pour saluer la tombe si gaie maintenant, avec ses fleurs roses et violettes, on dirait qu'elle rit. La lumière humide glisse sous les arbres et les pierres tombales se dressent comme des soldats au garde-à-vous, les feuilles tourbillonnent dans les allées vides. Les mots d'amour gravés dans la pierre parlent doucement de la vie qui s'en va.

Les loyautés invisibles

Elles très fières
Sur leurs escabeaux en l'air
Regard méprisant et laissant le vent tout faire
Elles dans l'suave
La faiblesse des hommes elles savent
Que la seule chose qui tourne sur terre
C'est leurs robes légères

Pour raconter une histoire, il y a forcément un point de départ. D'abord la mort de sa grand-mère, les albums photos… Et les mains du magnétiseur qui sont venues fortifier ce qui s'ébauchait en elle. Camille se souvient de ses mots pendant la séance : « Elles sont toutes là, si nombreuses, elles vous écoutent et sont très joyeuses. Elles vous laissent les rênes. Rassurez-vous, vous serez aussi libre qu'elles, vous leur ressemblez. Votre grand-mère aussi est là, elle ne veut pas se retourner, mais elle est avec vous. Comme une ombre qui vous accompagne. Toutes ces femmes sont fières de vous et vous protègent… Des phénomènes ! Elles sont exceptionnelles… » Camille voit défiler ces visages retrouvés dans les albums photos.

Toutes ces mémoires enfouies. Explorer sa famille à partir d'interrogations, sans vraiment savoir ce qu'elle cherche. Comme si la vie n'était qu'un vaste questionnement, dont les réponses varient et tournent en rond. Que sait-on pour de vrai ? C'est ce pas-grand-chose que Camille arpente en tâtonnant, pour remonter le temps et retrouver ces aïeules qui l'interpellent. Elle a choisi de s'en tenir à la chronologie, elle commencera par écrire sur son arrière-arrière-grand-mère. À partir d'images d'elle éparpillées, de bribes d'histoires qu'on lui a confiées, elle va tenter de lui recréer une vie.

Née en 1879 à Alger, Henriette arriva en France à l'âge de neuf ans. Son père l'avait accompagnée à Paris pour la confier à l'une de ses tantes. Sa mère venait de mourir en mettant au jour sa petite sœur Renée. L'enfant fut confié à une nourrice.

La tour Eiffel, dont Henriette allait suivre l'édification, fut sa première passion. La petite fille habitait sur le Champ-de-Mars, elle avait l'impression de grandir en même temps que cet échafaudage gigantesque. Tout était immense autour d'elle comme en elle, sa joie devant les fastes de la capitale, sa peine d'avoir quitté son père. L'excitation de découvrir l'Exposition universelle, de se balader sur un bateau-mouche, ou d'accompagner sa tante faire des emplettes à la Samaritaine, ce grand magasin où l'on trouvait déjà tout. Les bicyclettes, les fiacres, les affiches, les fanfares et les terrasses de cafés, tout cela l'enchantait. Mais il y avait aussi ces heures où, prostrée dans son lit, elle implorait le bon Dieu de ressusciter sa mère. Son père passait en coup de vent prendre de ses nouvelles, et chaque fois qu'il repartait, elle piquait une crise de nerfs. Ce caractère tout en extrêmes restera sa marque de fabrique. Elle ira par monts et par vaux, laissant aux autres les chemins plats et raisonnables. Sa vertu ne regardait qu'elle, et ses hauts et ses bas l'entraîneront dans des pirouettes dont elle se relèverait la nuque fière et le torse bombé. Pour flotter en apesanteur et détourner les lois de la bienséance, il faut savoir rester légère.

La grand-mère de Camille lui en avait souvent parlé. Elle lui décrivait Henriette, sa grand-mère à elle, à mi-voix, comme si elle la craignait encore. Originale, délurée, capricieuse, autoritaire, elle avait fait tourner les hommes en bourrique. On lui avait même raconté qu'Henriette avait « le fri-fri en aigrette », ce qui laissait supposer des tas de choses indécentes. En grandissant, Camille s'était dit que dans ce monde, la seule chose qui tourne rond, ce sont les jupes des filles. Et ce qui se cache dessous.

Camille puise dans deux sources d'inspiration : les lettres de ses aïeules et de nombreuses photos. En pensant à son livre, elle a pointé son index sur cette femme et tracé une courbe qui descend jusqu'à la naissance de sa mère. Qu'elle ne tient pas à évoquer, elle est trop proche d'elle. Elle s'en tiendra à trois générations : après Henriette, sa fille Odette, puis sa petite-fille Annette… qui est sa grand-mère. 1870-1960. Ces presque cent ans qui ont changé le monde. Et de mère en fille, au milieu de toutes ces transformations, toutes trois ont laissé leurs propres traces. Avec l'amour comme religion et le rire en partage, ces femmes ont rattrapé le temps dans une société qui bougeait autant qu'elles. Elles ont choisi les bonheurs fugaces et dangereux plutôt que la monotonie respectable des jours qui passent. Une vie en spirale.

Camille a surtout voulu se pencher sur une faille qui se répète et se prolonge tout au long de sa lignée. Comme un trait héréditaire tenu longtemps secret, ses aïeules eurent en commun un secret de fabrication : chacune d'entre elles conçut un enfant sous le joug d'une passion avec un père qui n'était pas leur mari. Guidées par une sorte de loyauté invisible et singulière, toutes les trois donnèrent vie à des enfants de l'amour. Des secrets de famille périmés.

Henriette, Odette et Annette furent des guerrières et des amazones. Camille veut les faire revivre, reconstituer leur destin de femmes libres. Joyeuses, jalouses, possessives, égoïstes, maternelles, amoureuses, mélancoliques, romantiques, angoissées, courageuses. Dans leurs vies, le rire éclaboussera les larmes et la légèreté sera érigée en arme.

Un monde en frous-frous et en jupons où les pères sont perdus et les maris absents.

Henriette, 1899

Ce matin, c'est encore Henriette, la grand-mère de sa propre grand-mère, qui s'est réveillée sous sa plume. Camille l'a rejointe dans sa chambre aux dessins fleuris de la rue Galvani.

Henriette émergeait d'une sieste dont les rêves étaient plus brûlants que le thé déposé par la bonne sur sa table de chevet. Devant sa coiffeuse, son visage aux contours encore flous la fit sourire, tandis que son esprit prenait de l'avance. Dans deux petites heures, elle sera près de lui. Son cœur lui sembla aussi ébouriffé que sa coiffure, il battait si vite, déjà prêt à s'évader. En se coiffant, elle remit de l'ordre dans ses idées et reposa sa brosse, satisfaite du résultat. Avec sa houppette, elle déposa la poudre de riz sur ses joues trop roses d'avoir bien dormi. Ses cheveux devaient briller de mille feux, mais surtout pas son nez !

En se détaillant dans l'ovale de sa glace cerclée d'acajou, une image de ses jeunes années ressurgit. Henriette ressentit au fond d'elle les bonds de son cœur d'enfant qui explosait de joie lorsque son père arrivait. Elle entendit sa voix qui lui murmurait : « Ma fille, ma poupée, tu n'es pas jolie, tu es plus que ça, irrésistible. Tes yeux immenses, ta bouche large, montre-moi tes quenottes, oh oui, admirables, et cette fossette qui vient creuser ta joue me fait fondre. Tu es le portrait de ta pauvre mère. » Les yeux de son papa qui la fixait en s'avançant vers elle. Si près qu'elle sentait son haleine et sa gêne. Une odeur de tabac lui soufflait un air dont elle ne savait quoi faire. Ses grandes mains encore froides du dehors se posaient sur son cou. Et déjà son papa chéri qu'elle attendait sans cesse reculait en prétextant : « Je dois aller voir ta tante. » Il la laissait seule dans sa chambre devenue soudain glaciale.

Henriette releva ses cheveux pour ranger ses souvenirs et ses barrettes dans son chignon. « Irrésistible. » Depuis, elle s'était donné tant de mal pour devenir jolie qu'elle y était presque arrivée. En tout cas, les hommes confirmaient les propos de son père en succombant à son charme les uns après les autres. Son mari en était fou et s'il fréquentait d'autres femmes, ce n'était que pour se rassurer sur lui-même. Mais en ce jour d'automne capricieux, le seul qui comptait devait déjà l'attendre à l'angle du boulevard Exelmans pour une promenade interdite.

« Zèle, cria-t-elle à sa gouvernante, viens attacher mon corset, vite, le temps presse ! » Et les lacets en satin furent noués en un éclair par les doigts agiles. Henriette admira sa taille devenue si fine et sa cambrure parfaite. Avec sa silhouette en S, elle n'arrivait plus à respirer et se sentait prête à faire chavirer les cœurs. La dentelle grise de son soutien-gorge lui chatouillait l'épaule et ses seins comprimés avaient repris leur galbe. Comme avant la naissance de ses jumelles. Elle enfila son jupon, sa chemisette et la nouvelle robe au tissu moiré qui allait refléter la lumière de ce beau jour. Elle était fin prête, et se détaillait. Pas jolie, non, plus que ça : belle. Elle savait que c'était d'aimer si fort qui la faisait resplendir. Elle se retourna devant la glace pour admirer de trois quarts ses fesses rebondies et sa nuque pâle. En attrapant son ombrelle, elle commença à chantonner puis se ravisa aussitôt. « Ce n'est pas le moment de réveiller les petites ! »

Pablo et elle se rendirent au bois de Boulogne. Pour piétiner les feuilles mortes en se tenant par la main, bâtir, non plus des châteaux en Espagne, mais de vrais projets d'avenir. Ils prirent la décision de faire éclater leur amour au grand jour. Il la serra contre lui un peu trop fort. Entre le corset et les bras vigoureux, elle se sentit défaillir. La bouche de Pablo lui rendit son souffle en la propulsant dans une joie si intense que plus rien n'existait. Ils se sont enlacés sous les branches cachotières. Les cliquetis venant du lac où des barques dérivaient à coups de rames et de rires s'accordaient à leurs soupirs. Un bonheur qu'Henriette essayait de retenir, des larmes comme des gouttes de rosée allégeaient son cœur qui contenait trop de passion. Inquiète de cet instant qui s'enfuyait déjà, elle pensait au Rimmel qui allait laisser une trace noire sur sa joue, à son mari qu'elle abandonnerait, à son chignon qui s'effondrait. Des pensées terre à terre, alors qu'elle côtoyait le septième ciel. « Dévergondée, divorcée. » Ses jumelles seraient rejetées par leurs amies. Tant pis. Contre vents et marées, elle était prête à tout pour se réveiller chaque jour près de lui.

Pablo lui aussi l'adorait. Depuis que ce bel Espagnol avait rencontré cette femme, épouse d'un ami, il en était fou. Plus rien n'avait d'importance quand il caressait sa peau si douce. Ni les lois, ni les dieux, ni les fidélités. Elle s'était offerte si rapidement qu'il n'avait pas eu le choix, il n'avait même pas eu à faire le premier pas. Un amour dévastateur. Les deux amants ne vivaient plus que pour ces heures fugaces où leurs mains se caressaient. Ventres noués et bouches collées, ils s'envolaient vers des mondes nouveaux, emplis d'un émerveillement partagé. En comparaison, le danger qu'ils couraient semblait minime.

Henriette, 1901

Le soir tombait. Ils montèrent dans la calèche qui les attendait, échafaudant mille plans. Les obstacles n'avaient qu'à bien se tenir, leur avenir faisait fi de toutes les impasses. À l'heure de se séparer, ils étaient confiants et imaginaient un futur à la hauteur de leur amour. Henriette trébucha en posant le pied à terre et rentra chez elle en essayant de garder une allure digne. Pourtant, depuis un moment déjà, elle se sentait tenaillée par une envie pressante, si sanglée dans ses habits qu'elle n'en pouvait plus.

À peine arrivée, elle se précipita vers le petit coin, incapable de se retenir un instant de plus. En s'asseyant sur la cuvette en porcelaine, elle délaça son corset et soupira d'aise, enfin soulagée. À cet instant, elle entendit un bruit au-dessus d'elle et leva la tête vers la lucarne du plafond. Un ustensile tombé des mains d'un ouvrier qui réparait le toit venait de briser le carreau et un morceau de verre atterrit dans son œil droit.

Les jumelles se souviendront toujours des hurlements dans le couloir sombre, leur maman à moitié nue et son visage en sang. Leur gouvernante fit preuve d'un grand calme, appela les secours par la fenêtre et enroula d'un linge la tête d'Henriette qui avait perdu connaissance.

Elle se réveilla dans une salle blanche, un énorme pansement barrait son visage. Son époux retira lentement ses gants avant de lui annoncer la terrible nouvelle sur un ton qui se voulait réconfortant. « Mais vous pourrez toujours voir avec l'œil gauche, par miracle, il n'a pas été touché. » Il baissa la tête pour ne pas la voir s'effondrer. Des miracles comme celui-là, Henriette s'en serait passée. Elle fut envahie d'un froid si profond qu'elle sentit sa chair se pétrifier.

Dans sa chambre d'hôpital, on lui avait caché les miroirs, et ce n'est que de retour chez elle qu'elle put se regarder. Dans celui-là même, bordé d'acajou, qui l'avait réfléchie si belle à peine une semaine avant, l'image qu'elle découvrit ce jour-là fut impitoyable. Avec son œil de verre et ses joues tuméfiées, elle poussa un cri d'horreur en voyant ce qu'elle était devenue. Allongée sur le lit qu'elle ne voulut plus quitter, elle demanda à Zèle un beau papier et son porte-plume. La lettre qu'elle écrivit à Pablo déchira son âme. Elle mit fin ce jour-là à sa plus grande histoire d'amour. Henriette ne se sentait plus capable d'aimer, ni surtout digne de l'être. Elle ne serait plus jamais irrésistible, même son père n'oserait la regarder. Elle s'était résignée, d'ailleurs un tel amour n'aurait pu que mal tourner. Il aurait étouffé, broyé par la monotonie des jours. La seule issue était de le garder comme un trésor intact qu'elle pourrait retrouver pour toujours dans ses souvenirs. Cette passion ne s'épuiserait jamais. Tout est éphémère sauf ce que l'on garde au fond de soi.

La douleur d'avoir perdu son amant prit le pas sur celle d'avoir perdu un œil. Elle passa plusieurs jours au lit, et les romans de Maupassant, qui exprimaient si bien les tourments de la vie, soulageaient un peu son chagrin. Ses filles lui chantaient de jolies ritournelles, son mari la couvrait d'attentions et de fleurs. Elle découvrit la tendresse en s'étonnant de s'en contenter.

Certains soirs, elle retrouvait les mêmes frissons que lorsqu'elle était enfant et que son père repartait, la laissant seule avec sa peine. Étrangement, Henriette se sentait apaisée, reliée à la petite fille qu'elle était. Une sensation presque douce l'envahissait et elle se serrait dans ses propres bras. Mais était-ce le passé qui en ressurgissant lui donnait si mal au cœur au réveil ?

Quelques mois passèrent, son mari eut la bonne idée de déménager. Ses affaires l'obligeant souvent à descendre dans le Sud, ils s'installèrent à côté de Narbonne dans une jolie maison près de la mer. Les jumelles étaient aux anges et Henriette s'en accommodait. Là ou ailleurs, de toute manière elle n'y était pas. Enfin pas vraiment.

Les nausées finirent par trouver leur explication. Georges fut ravi de l'heureuse nouvelle, il ne regarda pas plus loin.

C'était un jour comme les autres, Henriette avait croisé les jambes sous sa longue jupe noire pour s'allonger près de la fenêtre. Elle songeait encore à Pablo. Celui dont elle portait l'enfant mais qui n'en serait pas le père. Au fond de son ventre, si serré par différentes couches de jupons censées préserver l'enfant du froid ou des regards malveillants, elle ressentait des tressaillements étranges. Ses jumelles allaient bientôt s'éveiller, elle demanderait à mademoiselle Zèle de les promener car la seule idée de leurs cris l'assommait d'avance. Henriette était épuisée par cette grossesse qui faisait fuir ses rêves. Comme elle l'avait décidé, elle n'avait jamais revu son amant, préférant souffrir mille morts en le quittant plutôt que lui inspirer de la pitié. Et elle avait tout fait pour qu'il ignorât la grossesse engendrée par leurs rendez-vous sauvages.

Embarquée dans les pensées d'Henriette, Camille a l'impression de partager ses souvenirs. Et de se retrouver dans cette mansarde emplie de livres et de chevalets où son arrière-arrière-grand-mère et son amant s'étaient brûlé corps et âme.

Jeanne à son journal

Excuse-moi, mon journal chéri, je ne t'ai pas écrit depuis longtemps. Mais j'ai trop de choses à faire et du mal à tout bien faire. Des fois, je me trouve nulle, je suis sûre que je ne serai jamais une danseuse étoile et qu'en plus je vais rater mes études, et puis juste après, ouste je crois que je vais tout réussir et que je suis la plus formidable. Des vagues qui montent et descendent ! Aujourd'hui c'est marée haute, pleine de courants super joyeux. Maman est venue me chercher à Nanterre. Déjà c'est rare et, je dirais plus, -rissime ! J'avais encore mon chignon trop tiré, j'enlevais mon justaucorps, et hop ! Elle était là, trop jolie avec sa robe bleue supracool et ses mèches blondes plein la figure. J'étais si fière ! Les autres étaient toutes jalouses, il faut dire que ma mère, c'est la plus belle, et la grande Chloé « super pimbêche » (c'est son surnom) a même baissé les yeux qu'elle porte toujours trop haut pour regarder ses pieds qui avaient l'air bêtes et rouges sans leurs chaussons. Elle ressemblait aux flamants roses qu'on voit l'été avec leurs cous plongés dans l'eau.

En sortant du RER, on s'est arrêtées au Café viennois, près de l'Odéon, ça rappelle à maman quand elle était jeune. Elle m'a commandé un chocolat plein de mousse, il me donne toujours mal au cœur mais ça lui fait plaisir. Elle a peur que je m'anorexie. Me voilà la crème dans ma gorge, un peu envie de vomir, et je regarde maman avec une moustache blanche de mousse qui ressemble tout d'un coup à Minette, ma chatte adorée. Même pas le temps de le dire parce qu'elle a commencé à parler, et ses miaulements étaient pleins d'histoires étonnantes. Elle m'a raconté qu'elle écrivait un livre, avec des vérités fausses sur des filles et des mères et des liens et des vies qui se relient et des grands-mères qui ne meurent pas pour de vrai et tout un tas de choses incroyables. Des histoires qu'elle a dans le cœur depuis longtemps. Et qui lui remontent à la mémoire depuis que bonne-maman est morte. Des histoires sur des femmes qui ont vraiment existé, qui font partie de notre famille, mais qu'elle n'a pas connues. Ou si peu. Alors elle invente, et ça devient vrai grâce à ses mots. Ce sont ses mensonges à elle.

Quand même, c'est fou ! Elle a tout dit en parlant très vite et elle m'a fait promettre de ne pas le répéter à ma sœur, et surtout pas à mon père. Il ne faut pas que papa sache, il serait énervé qu'elle s'éloigne de lui avec ces mots pleins de souvenirs comme des valises trop lourdes qu'on porte et qu'on n'a jamais eu le temps d'ouvrir. Bon, je n'ai pas tout compris, mais maman avait les yeux tellement brillants qu'ils étaient devenus noirs. On ne voyait plus le bleu. Elle m'a parlé de son enfance. Je n'avais jamais trop pensé qu'elle avait été une petite fille avant. J'avais l'impression qu'elle était née en même temps que ma sœur et moi ! Née maman comme on naît princesse. Maman, je l'aime si loin, jusqu'aux étoiles et encore après, et jusqu'au plus profond d'elle, je veux qu'elle soit éternelle, qu'elle ne meure jamais, sinon je m'arrêterai de vivre moi aussi. Tu sais, je pense souvent à la mort depuis que j'ai vu mon arrière-grand-mère sur ses draps fleuris avec ses yeux fermés. Sa peau était très fine, transparente, on voyait presque à travers. Je savais qu'elle était déjà partie très loin avec son rire et ses gâteaux.

Quand on est arrivées à la maison, maman m'a chuchoté : « N'oublie pas, c'est notre secret ! » Et elle a remis son doigt sur sa bouche en clignant de l'œil. Moi j'ai pensé, ne t'en fais pas, je ne dirai rien. J'aurais voulu lui rappeler qu'elle devrait plutôt ne pas oublier que papa, il lui crie trop souvent dessus ; quand je colle mon oreille contre la porte, j'entends des choses horribles et je déteste ça. Il dit des mots déformés par le feu. Et puis après, il est là, tranquille, assis dans le salon comme si de rien n'était. Il fait semblant de regarder le ballon de foot qui s'agite dans la télé, mais je vois bien qu'il est perdu au fond de son fauteuil. Un jour, il va s'enfoncer dans les coussins et disparaître. Il a l'air si triste. Après l'avoir haï, je le re-aime, il me fait trop de peine.

En fait, j'ai tout le temps peur, mais il n'y a que toi qui le sais. Je te raconte tout ça, c'est triste, alors que je voulais juste te dire la seule chose qui compte : maman écrit et ça lui va vraiment bien ! Maintenant, c'est notre secret à toutes les deux plus toi, ça fait trois, et trois c'est joli, trois par trois c'est neuf et neuf, tu sais que c'est mon chiffre porte-bonheur. Pourquoi elle ne l'a dit qu'à moi ? Je crois que je suis sa chouchoute, mais ne le dis à personne !

Henriette, 1901-1906

Henriette repensait à la naissance d'Odette, à sa joie intense en découvrant ce petit corps qui sortait d'elle, l'enfant de son amour perdu. C'était son second accouchement, quelques années après celui de ses jumelles. Ce fut aussi celui qui la marqua le plus. Elle avait vite oublié ses douleurs et était fascinée par cette petite étrangère qu'elle avait mise au monde. Et qui resterait imprimée en elle à tout jamais. On sait désormais ce qu'Henriette ressentait alors, cela sera expliqué un siècle plus tard. Les cellules de son bébé avaient en effet traversé le placenta pour se rattacher aux siennes. Les bébés laissent une empreinte profonde et définitive dans le corps de leurs mères, un peu comme si l'hérédité était à double sens. Les mamans gardent en elles, et pour toujours, un peu de leur enfant.

Elle adora Odette immédiatement. Henriette n'avait jamais ressenti un tel attachement pour ses enfants précédents. Sa fille à peine née, on la lui avait reprise, comme un jouet trop fragile qu'elle pourrait abîmer. Elle voulut l'arracher à l'infirmière qui se sauva comme une voleuse en l'emportant.

Une fois rentrée à la maison, sa chérie, la prunelle de ses yeux, était devenue l'otage d'une nurse odieuse que sa belle-mère avait engagée sans lui demander son avis. Dans la bonne société, il était recommandé de laisser les tout-petits au bon air chez leur nourrice. En 1900, seuls les animaux pouvaient semble-t-il laisser libre cours à leurs instincts maternels. La bienséance voulait que l'on retienne les flots de tendresse, que l'on réprime les milliers de baisers dont ces nouveau-nés avaient tant besoin. Le cœur d'Henriette était aussi déchiré que ses entrailles.

Elle n'allait pas se laisser faire. Elle se leva un matin, résolue. Odette avait deux mois, il était grand temps. Elle frissonnait à l'idée que cette nurse revêche aurait pu embarquer son trésor à la campagne. Elle la congédia.

La jeune mère s'était allongée sur une chaise longue pour nourrir son bébé. Fascinée par la petite bouche rose qui tétait goulûment, elle imaginait la chèvre qui avait donné son bon lait et se demanda si c'était vrai ce que l'on racontait : soi-disant chaque biquette pouvait reconnaître entre mille l'enfant qu'elle avait nourri. Elle couvait du regard sa petite chérie en jurant ses grands dieux qu'on ne les séparerait jamais. Depuis qu'elle avait décidé de s'occuper de sa fille, sa vie avait changé du tout au tout. Pendant que son mari courait le guilledou, elle savourait pleinement son rôle de mère.

Ah ! ces doux matins quand sa fille se blottissait contre elle. Ses petites mains potelées serraient son cou, et Henriette respirait avec gourmandise son odeur de pain chaud. La bercer, la cajoler, l'adorer. Ses câlins, ses éclats de rire, ses fossettes : un enchantement. Les premiers pas, les premiers mots, les premiers dessins : un émerveillement. Il y eut aussi des nuits d'angoisse quand son enfant hurlait de douleur, le corps brûlant. Et lorsque la fièvre retombait et que la petite retrouvait son sourire, sa mère remerciait la Vierge Marie et tous les saints du monde en leur promettant dévouement éternel. Même si elle n'y croyait pas trop, on ne savait jamais… Désormais épanouie dans son rôle de mère, Henriette s'occupait aussi de ses jumelles avec tendresse. Mais celles-ci n'avaient besoin de personne. Leur osmose leur donnait la sensation de n'être jamais seules au monde. Elles se suffisaient à elles-mêmes et regardaient leur petite sœur avec dédain mais sans jalousie.

Quelques années plus tard, après avoir profité sans réserve des jeunes années de sa mignonne, elle l'avait laissée prendre la route de l'école et s'en était arrangée pour retrouver ses propres extravagances. Elle s'était lancée dans toutes sortes d'activités. Avant de monter ses outils au grenier, pour évaluer ses charmes, elle refaisait du gringue au premier dadais venu ! Devant le nombre de ses conquêtes, elle fut rassurée sur la forme, et entreprit alors une révision du fond en suivant des cours de philosophie.

C'est en lisant le bulletin mensuel *L'Action féminine* qu'elle découvrit les grandes idées féministes qui commençaient à secouer le pays. Elle décida de rallier sans tarder le « Conseil national des femmes françaises », qui comptait déjà presque cent mille membres. Henriette participait à presque tous les débats. Leurs principales revendications avaient trait à l'éducation et aux conditions de travail. Ces femmes poursuivaient l'action des suffragettes, ces Anglaises qui militaient pour l'égalité des femmes et notamment le droit de vote. En Angleterre, elles l'obtiendront en 1918 alors qu'en France, il faudra attendre 1945 !

Lors d'une de ces réunions, elle fit la connaissance de l'orientaliste Alexandra David-Néel qui allait devenir son mentor. Cette femme devenue bouddhiste, qui apprenait le sanskrit et le tibétain pour préparer ses futurs voyages, lui révéla tout un pan d'une existence qu'elle ne soupçonnait pas. Henriette passait des soirées entières à l'écouter parler des pays qu'elle avait traversés. Ses récits la bouleversaient. Depuis qu'elle était enfant, Alexandra David-Néel avait toujours fui ce qui lui semblait définitif. « Marche comme ton cœur te mène », répétait cette grande voyageuse qui ne voulait surtout pas que demain ressemble à aujourd'hui. Lorsque la conférence tirait sur sa fin, il n'était pas rare que cette femme épatante chante avec talent l'aria de Violetta dans *La Traviata*. En l'écoutant, Henriette se remettait en question : « Nom d'un chien, n'aurais-je fait que piétiner sur place jusqu'à présent ? »

Alors, elle n'eut plus qu'un seul désir, se libérer de ses chaînes et vivre intensément le temps qu'il lui restait ; mais un obstacle contraria ses intentions. À un âge où elle pensait en avoir fini une bonne fois pour toutes avec sa fécondité, Henriette découvrit avec effroi qu'elle était encore une fois enceinte. Ce sera un garçon.

Henriette, 1910

Camille feuillette un autre album. Sur une photo coloriée à la main, Henriette pose, le regard conquérant. L'accident semble oublié, impossible de discerner son œil de verre. Mère moderne pour une vie où l'art de séduire tient à nouveau la première place. Moulée dans une robe foncée, elle est assise devant ses trois filles. Odette toise l'objectif, coincée entre ses sœurs Rose et Marguerite qui sourient en chœur. Les jumelles s'adoraient quand elles ne se crêpaient pas le chignon. Des gigolettes, des cocottes en devenir. Des artistes aussi.

Sur une autre photo, un enfant rouspète. Camille se penche vers ce petit garçon en costume marin, son visage est amer. On l'oubliait toujours, Gabriel, il venait d'avoir quatre ans, c'était le petit dernier au regard baissé. Pendant que ses sœurs et sa mère se préparaient en gloussant, il réclamait seulement un peu d'attention. Pour la photo, elles l'avaient habillé en fille. « Oh, ce petit chou d'amour ! » Boucles longues et robe amidonnée, on lui glissa un baigneur entre les bras pour parfaire l'image de la fillette. Gabriel fixait la chambre noire d'un air affolé, tandis que ses sœurs s'esclaffaient, et la poupée en porcelaine se fracassa sur le parquet, juste au moment où « le petit oiseau va sortir ». On lui fit les gros yeux, on cria, on s'agita dans tous les sens, on le gronda, quel godiche celui-là !

Lui, il détestait être un garçon, chaque soir dans son lit il essayait d'arracher son sexe. Il sanglotait de rage. « Voyons, les garçons ne pleurent pas ! Diantre, qu'il est empoté. » Une erreur, un égarement, il savait déjà que personne ne l'attendait. Trois filles, c'était bien suffisant. Les grands ne savent pas que les murs ont des oreilles. Les grands ne savent pas grand-chose. Ni ce qui est ni ce qui sera.

Autour de lui, ses sœurs s'étaient éparpillées. À les regarder de plus près, elles n'étaient pas si jolies, à part Odette qui les éclipsait de sa candeur juvénile. Pourtant, les jumelles étaient diablement séduisantes avec leurs yeux brillants et leurs rires éclatants. Quand elles dansaient près du piano le one-step et le two-step mélangés à des pas de tango, cette danse bientôt interdite par le pape, elles déchaînaient les passions.

Henriette s'était installée dans un fauteuil en velours près de sa fille Odette qui s'était plongée dans *La Machine à explorer le temps*. Aussi intelligente que ravissante, soupira sa mère en la dévorant des yeux. Une fois encore, son cœur résonna de mille souvenirs qui la faisaient toujours frémir. À mesure qu'elle grandissait, Odette devenait le portrait de son père. Henriette ferma les yeux pour mieux se rappeler son amant. Leur première rencontre, c'était à Vichy, pendant cette cure si ennuyeuse où son mari l'avait expédiée. Pour qu'elle reprenne des forces, avait-il prétexté. Henriette se doutait bien qu'il allait en profiter pour faire le joli cœur et retrouver ses arpenteuses.

Déjeuner en paix

Je garderai pour moi ce que m'inspire le monde
Elle m'a dit qu'elle voulait si je le permettais
Déjeuner en paix
Déjeuner en paix

Depuis presque deux heures, elles discutent de tout et de rien dans un petit restaurant près des quais. Camille fait face aux interrogations inquiètes de sa mère. « Mais oui, ne t'en fais pas, maman… » Tout en la rassurant, elle essaie de ne pas penser à la soirée de la veille.

Raphaël était rentré vers minuit, il s'était glissé dans le lit sans un mot. Avec son air des mauvais jours, jetant un œil distrait sur le livre qu'elle lisait, il s'était retourné en grommelant un « bonne nuit » aux effluves de bière brune. Elle venait de regarder une série avec ses filles qui ne s'étaient pas étonnées de l'absence de leur père. Elles s'en accommodaient très bien, vu l'humeur exécrable qu'il avait ces derniers jours. Pourtant, avant d'aller dormir, Camille avait surpris ses filles qui chuchotaient tout bas : « Tu crois qu'il en aime une autre ?

– Ou alors, il a perdu son travail ? Tu te souviens

du mec qui faisait semblant de travailler alors qu'il avait été viré mais il ne voulait rien dire à sa famille et il restait dans sa voiture toute la journée et un jour, il a plus supporté sa fausse vie, et il a pour de vrai tué sa femme, ses enfants, ses parents et le chien aussi je crois.

– Oh non !

Jeanne fronça les sourcils et s'exclama :

– Pas le chien ! »

Camille ne voulait pas raconter à sa mère ces soirées tristes à pleurer, ni celles plus violentes. Pendant leurs disputes, elle ne répondait même plus aux agressions de son mari, il réussissait toujours à la rendre coupable. Oui c'était toujours sa faute à *elle*, oui *elle* était insupportable, *elle* n'avait qu'à pas. Quand il se lançait dans ses diatribes assassines, elle se retranchait en bloquant son souffle, pour ne pas exploser à son tour. Il hurlait de plus belle, la blessant autant par ses mots que par son regard haineux. Les insultes la fouettaient jusqu'au sang et elle reculait en protégeant son visage, une gifle pouvait s'envoler par inadvertance.

De toute cette violence, Camille ne disait rien à sa mère. Elle en avait honte. Une fois la rage estompée, Raphaël redevenait le plus tendre, le plus doux qui soit. Elle retrouvait celui qu'elle admirait. Le séduisant journaliste du *Monde* à la plume percutante. Lui, il avait fait hypokhâgne et Sciences Po, Camille n'avait pas son bac. Elle en voulait un peu à ses parents qui l'avaient laissée grandir au gré du vent. Ils n'avaient rien fait pour l'élever, ni pour la retenir.

Mathilde, qui souhaitait le meilleur pour ses enfants, pensait qu'il suffisait de les arroser de mots tendres pour les voir s'épanouir. Comme elle faisait avec ses fleurs. Camille se souvient encore du coin de rue où sa mère lui avait dit « Il faut faire feu de tout bois ». Ça voulait dire Au diable les études, puisqu'on te demande aujourd'hui pour des photos de mode, profite, demain ce sera trop tard ! Camille et ses seize ans bourlingués à travers le monde pour des couvertures de magazines. Des voyages merveilleux, mais aussi des réveils maussades. De grands photographes, de belles images sur fond de cocotiers. Certains ne lui demandaient pas seulement de s'étendre sur le sable rose. Camille avait peur de paraître ridicule en refusant leurs avances, et laissait leurs mains velues farfouiller son ventre, flattée d'être désirée par ces hommes reconnus pour leur talent. Elle était si peu sûre d'elle qu'elle tombait amoureuse à tire-larigot. Il suffisait qu'elle plaise pour être séduite… À dix-neuf ans, elle était devenue l'assistante d'un photographe de mode. Plus tard, elle devint elle-même photographe. En passant de l'autre côté de l'objectif, elle réussit à cadrer des instants de vie et, du coup, la sienne s'était éclairée. Intensifiée.

Sa maman lui avait cependant transmis une certaine idée de la liberté. Ce fut le maître mot de leur lignée de femmes. Sa grand-mère, ses aïeules, toutes ces femmes émancipées et révoltées bien avant l'heure. Célibataires, divorcées à une époque où ça ne se faisait pas, artistes et mères, elles suivaient leurs envies et se souciaient comme d'une guigne de leur réputation.

Camille voit sa maman chercher nerveusement son portable. « Où est-il encore ? Ça m'arrive tout le temps, d'autres fois ce sont mes lunettes qui disparaissent. Bientôt soixante-huit ans, je n'arrive pas à y croire. J'ai lu l'autre jour que la plupart des gens s'imaginent avoir vingt ans de moins. Moi, c'est pire que ça, je suis toujours une gamine ! J'ai douze ans, grand max, l'âge de Jeanne ! D'ailleurs elle aussi perd tout, non ? »

Pour ne pas s'appesantir sur le temps qui passe, Camille acquiesce et change de sujet : « Tiens, je vais te raconter un truc étonnant. Tu sais, rue de Bièvre, juste derrière, oui, là où habitait Mitterrand, eh bien, au numéro un bis, on ira voir après si tu veux, il y a un jardin minuscule et abandonné. En fait, c'est un lieu hanté… En 1860, se trouvait là un bistrot à la mode. Un gitan y avait dragué la femme du gérant et celui-ci l'avait mis dehors, en le menaçant de lâcher son chien. Le gitan leur jeta un sort. L'animal, puis le bistrotier, moururent peu après dans d'horribles souffrances. Sa femme partit avec le gitan et le bistrot fut abandonné. Pendant la guerre, quand les Allemands occupaient Paris, ils ont voulu réhabiliter le lieu. Eh bien, figure-toi, les ouvriers qui travaillaient sur le chantier sont tous morts de la même façon. Aujourd'hui, la maison a laissé place à un terrain vague qu'aucun promoteur ne veut racheter. Plus rien ne sera jamais construit sur cet emplacement maudit. C'est quand même fou, quand on connaît le prix du mètre carré dans ce quartier, tu te rends compte, en face de Notre-Dame… »

Mathilde regarde ailleurs, l'œil rêveur. Camille est à deux doigts de lui parler du livre qu'elle a commencé. Comment réagirait-elle en lisant ces bribes de sa vie, de celles de sa mère, de sa grand-mère ? Des souvenirs tressés par son imagination. Sa mère pourrait l'aider, il y a sûrement tant de choses qu'elle ne lui a jamais dites.

Avant de rentrer à pied par les quais, elles sont passées devant le terrain vague de la rue de Bièvre. Mathilde a boutonné son manteau jusqu'en haut : « Ma chérie, tu crois aux mauvais sorts, toi ? » Depuis, cette question trotte dans la tête de Camille. C'est un peu se prendre pour Dieu que de faire revivre des ombres en changeant leurs trajectoires.

« Oui, maman, je crois aux mauvais sorts. Et aux fantômes aussi. »

La Belle au bois dormant

« Attends une seconde, je demande l'avis de mon gouvernement ! » Raphaël, son portable à la main, se retourne vers sa femme avec un clin d'œil appuyé : « Camille, on est bien libres le week-end prochain ? » Sans attendre sa réponse, il accepte l'invitation. C'est comme ça, il ne sait pas dire non à ses amis. Camille hausse les épaules en soupirant. Il poursuit sa conversation sans plus lui prêter attention. Elle a l'impression de jouer un rôle dans une comédie qui lui échappe.

Ce week-end à Dinard traîna dans sa langueur monotone. Chez les amis de Raphaël, elle se sentait de trop et, à force, devenait transparente. En contrepartie, lui s'imposait à coups d'histoires épatantes qu'elle avait entendues des centaines de fois, mais qu'il avait l'art de bien raconter. Il prenait toute la place, elle se dissipait dans son ombre. Il parlait beau et les rires des autres ponctuaient ses récits. Sa chemise blanche légèrement déboutonnée lui conférait un charisme de philosophe. Ses longs doigts volaient comme pour l'aider à attraper le juste ton et les points d'exclamation qui ponctuaient ses phrases. Tous l'écoutaient et prenaient part à ses aventures.

Camille entrelace ses cheveux plus blancs que blonds et les tortille en tirant dessus, un geste qui lui vient de l'enfance et l'apaise aujourd'hui encore. Elle observe son mari et sent son corps vibrer, prisonnière de cet homme qui la dépasse, cet homme de sa vie. De petites rides dévalent de ses yeux rieurs. Une fossette creuse sa joue comme chaque fois qu'il sourit. Il la fait craquer.

Ils remontent dans la chambre et sur le lit qui grince, elle se jette sur lui comme une affamée. Elle ouvre la braguette de son jean, et colle son visage sur son sexe. Elle le savoure lentement et sa langue exprime ce qu'elle n'ose pas dire. Le temps de s'accrocher aux cheveux ensoleillés qui dansent sur son ventre, Raphaël gémit en fermant les yeux pour prolonger son plaisir.

Camille est réveillée aux aurores par un coq éloquent, le petit jour éclaire la chambre. Elle surprend le regard ardent de son mari qui s'attarde sur ses lèvres bouffies de sommeil. Elle ressent son désir et fait semblant de rêver encore, pour jouer à la belle endormie. Cela a toujours été son fantasme à lui. Elle le sait. Il ne veut pas la voir s'éveiller, elle doit rester immobile, comme une poupée. Un instant, elle imagine qu'il serait capable de l'étrangler, de serrer son cou un peu trop fort afin que ce moment dure éternellement. Entrouvrant à peine les yeux, elle peut voir qu'il s'est redressé sur les genoux comme s'il priait. Il tient son sexe qu'il balance au-dessus de ses seins. Camille reste figée. Elle ne veut surtout pas briser l'enchantement. Elle prend autant de plaisir que son mari dans cette parodie de *La Belle au bois dormant* où elle tient enfin le premier rôle.

Consternation

Ils sont rentrés hier, heureusement qu'ils n'ont pas eu ce temps horrible en Bretagne. Camille a décidé de ne pas mettre le pied dehors. Le thermomètre approche de zéro en plein mois d'avril. Elle devrait en profiter pour écrire, mais c'est vide en elle. Elle se poste à sa fenêtre et regarde l'église Saint-Séverin. Tous ces gens qui critiquent Paris la sidèrent, c'est la plus belle ville du monde. Elle aime s'y promener, ce n'est pas un hasard si elle est devenue guide. Habiter dans le 5e, si près de la Seine, lui paraît une chance incroyable. Elle a envie de faire un saut chez Shakespeare and Company, cette librairie où elle adore traîner. C'est juste à l'angle de chez elle, mais le froid la décourage.

Elle se colle aux carreaux pour voir sur le trottoir ces gens qui semblent si pressés d'arriver. Arriver où ? Un seul de leurs regards tourné vers elle suffirait à lui donner l'impression d'exister. Souvent Camille en doute. Elle les observe qui déambulent le nez plongé dans leurs cols ou les mains dans les poches. Ils ont l'air de savoir où ils vont, songe-t-elle tout haut, et le carreau se couvre de buée comme pour flouter ces passants pressés. Elle l'essuie avec sa manche et se concentre sur une silhouette prise au hasard, sans doute à cause de son pardessus jaune qui éclabousse le trottoir de lumière. C'est son jeu favori, suivre des yeux une inconnue, celle-là justement, qui s'arrête pour laisser passer une voiture.

Au petit bonheur, c'est ainsi que se font les plus belles rencontres. La vieille femme se faufile sous un porche et entre dans son rez-de-chaussée solitaire. Puis Camille l'imagine accrocher son manteau à la patère et se baisser pour enfiler ses chaussons. Elle se nomme, disons... mademoiselle Hamen. Elle gagne la cuisine à petits pas, glissant sur le sol en lino, et dépose ses courses sur la table avant de les ranger avec des gestes ordonnés. Le sol bleu, la toile cirée et la radio qu'elle va bientôt allumer, tout sent la javel et la vie aseptisée. Dans un cadre posé près du téléviseur, une photo d'elle jeune fille, souriant trop face au destin rétréci qui l'attendait. Son fiancé s'était tué au retour du bal, et leurs rêves furent enterrés avec lui. Un amour voué à l'éternité. Personne depuis ne l'avait remplacé, à part des années grises qui sont pourtant vite passées. Camille ressent les vibrations de ce cœur solitaire qui avait aimé plus fort que tant d'autres.

Remplie de mélancolie, Camille abandonne son guet pour aller dans la cuisine. Sur la pointe des pieds, elle extrait du fin fond d'un placard un gros livre à carreaux rouges et blancs, *La Cuisine des copines*, afin de récupérer les feuilles qu'elle y a planquées, à la page du bœuf en gelée. Depuis plus d'une semaine, elle n'a pas eu le temps d'écrire. Elle est sidérée de les trouver disséminées entre la tarte au citron et le clafoutis aux cerises.

Séparées et froissées. Son ventre se serre, personne ne s'est servi de ce livre depuis des lustres. « C'était parfait, cette cachette. Qui a pu la découvrir ? » Une vague angoisse l'empêche de respirer, elle se demande tout haut : « Qui a fouillé et lu ces pages ? » Même si elle connaît la réponse.

Pourquoi ne lui en a-t-il pas parlé ? Camille a peur sans savoir exactement de quoi. Raphaël est distant ces derniers temps. Elle s'assied sur le tabouret et commence à relire ses textes chiffonnés. Tout est embrouillé, elle ne comprend pas. « Comment a-t-il pu trouver ? » Les feuilles tombent de ses mains qui tremblent. Elle se sent comme violée.

Jeanne à son journal

Aujourd'hui, je suis rentrée à la maison plus tôt, madame de La Marzelle a eu un problème de disjoncteur (c'est quoi ?) et du coup on a stoppé la danse folklorique à quinze heures pile. J'adore ce cours, mais à la fois j'étais trop contente. Toute la classe s'est éclatée comme un paquet de chips qu'on aurait ouvert d'un coup et on s'est dispersées, dorées et légères, pour rentrer chacune chez nous, et moi chez moi. Arriver si tôt, c'est la fête ! Oui, normalement, tu sais, je rentre à vingt heures, fourbue de partout, et avec encore des devoirs à faire. J'adore cette école de l'Opéra, l'école de mes rêves, mais le soir, j'ai vraiment les pieds en compote de pommes et les yeux qui me sortent de la tête, et là, en plus, tu te rends compte, on n'avait pas de devoirs ! J'arrive à la maison, je claque la porte car je sais que papa n'est pas là pour rouspéter, et je crie, la bouche en cœur : « Maman ! », son sac est là, donc elle aussi ! Trop contente car pour une fois je vais prendre un bain d'une heure super moussant et traînasser comme une poule de luxe. Bref de la joie plein la tête, je tourne sur moi-même dans l'entrée en glissant sur le parquet.

La porte se referme d'un coup, un courant d'air stoppe mon élan.

À ce moment, j'entends maman crier très bas, sur une note tellement triste, comme un violon usé. Je me précipite et je la trouve affaissée, un livre de cuisine ouvert sur ses genoux. Je n'arrive pas à croire qu'elle soit à ce point malheureuse simplement parce qu'elle a raté une recette. Elle ne m'a pas entendue, elle parle toute seule en reniflant ses larmes. On dirait une flaque, les jambes pliées, courbée en deux, je dois la secouer pour qu'elle me voie. Maman sursaute, ferme le livre et se relève brusquement, comme au garde-à-vous. Mais moi je n'ai rien d'un commandant, j'ai du chagrin, mais pas le temps de m'y attarder. Je la prends dans mes bras pour qu'elle ne tombe pas plus bas. Contre son cou ça sent toujours si bon, et je respire maman. Je ne bouge pas de mon perchoir maternel, je ne veux pas qu'elle me raconte des sornettes comme dirait ma grand-mère, je décide de l'étouffer de questions jusqu'à ce qu'elle m'avoue le pourquoi de cette lame de fond qui l'a fait couler si bas. C'est encore papa qui l'a engueulée ou quoi ? Je sens la haine monter contre lui.

Moi qui pensais lui faire une bonne surprise en arrivant tôt ! On aurait pu profiter de cette aprèm buissonnière, on aurait mis Angèle à fond et on aurait dansé sur « Balance ton quoi » et après on serait allées faire un petit shopping, ou alors on aurait regardé la fin du documentaire sur Jane Goodall. Bien entendu, je ne lui dis rien de tout ça. Elle racle le chat qui s'est mis en boule dans sa gorge en m'écartant un peu pour reprendre son souffle.

Je n'aime pas son ton.

Elle me dit : « Tu sais, le livre dont je t'ai parlé. » Et là, je comprends qu'il s'agit de ce qu'elle écrit sur sa grand-mère et son arrière-grand-mère. Ces femmes à qui, elle et moi, on doit la vie. Elle me raconte que depuis qu'elle a commencé à écrire, elle défait des nœuds qui la comprimaient beaucoup trop. J'ai du mal à bien comprendre parce qu'elle pleure en même temps. « Mais tu vois, je voulais écrire tranquille, de mon côté, et que papa ne le sache pas. Je lui aurais montré une fois fini. Peut-être. Et surtout je ne voulais pas l'énerver, lui qui parle toujours du livre qu'il va bientôt écrire. Moi je suis nulle. Tu sais, Jeanne, tu étais la seule à savoir. Papa a dû m'épier. Il a fouillé et a fini par trouver. À coup sûr, ça l'a mis dans une de ces colères ! Il ne m'en a pas parlé. Maintenant, j'ai envie de tout brûler, de tout jeter. »

Le Lapin Agile

« Regardez bien cette statue ! Qui est ce beau jeune homme, à votre avis ? C'est le chevalier de La Barre ! »

Devant les bouches ouvertes restées coites, Camille hausse la voix : « Fermez les yeux, imaginez ce beau garçon de dix-neuf ans qui faisait chavirer les cœurs. Un chevalier pétri de philosophie, au siècle des Lumières. Il avait été recueilli par sa tante à la mort de ses parents. Celle-ci fut harcelée par un lieutenant de police beaucoup plus vieux qu'elle, et son neveu eut la mauvaise idée de le remettre à sa place afin qu'il cesse de lui faire des avances. Vexé, l'officier prépara sa vengeance contre cet impertinent. Lorsqu'il fut chargé d'une affaire concernant la détérioration d'un crucifix, il sauta sur l'occasion pour accuser le jeune chevalier d'avoir lui-même commis ce sacrilège. Ce dernier ne chercha pas à s'enfuir, faisant confiance à la justice. Le juge fut incapable de prouver sa culpabilité, alors il le condamna simplement pour avoir refusé d'ôter son chapeau au passage d'une procession religieuse. Oui, c'est fou, et attendez la suite. » Camille regarde les visages attentifs qui se sont rapprochés pour mieux l'entendre. « Ce sera son crime, son unique crime !

À la suite d'une enquête bâclée, il sera exposé aux pires tortures, entre autres à avoir la langue arrachée, et sera décapité et brûlé. Pour, je cite le verdict, "impiété, sacrilèges exécrables et abominables. Aucune grâce ne lui sera accordée". » Camille ajoute avec un plaisir malsain : « On lui a d'abord brisé tous les os, puis on lui a coupé la tête avec une épée, c'était le privilège accordé aux nobles ! Et on a mis son corps sur le bûcher, en même temps que le *Dictionnaire philosophique* de Voltaire qu'on avait trouvé dans ses affaires et qui acheva de l'accuser. Une vie fauchée pour si peu. »

Elle sent que cette injustice fend le cœur de son auditoire, les « Oh, quelle horreur, le pauvre, mon Dieu » tournent en boucle jusqu'à ses oreilles. Elle adore quand elle arrive à captiver l'assemblée, c'est le moment de clore : « Voltaire, quand il eut connaissance de cette affaire, prit sa plume pour défendre la mémoire du jeune chevalier et l'associa à ses combats contre l'intolérance religieuse et l'obscurantisme. Voilà pourquoi le chevalier de La Barre est devenu l'incarnation de la lutte contre cette autorité qui tuait sans merci, au nom de Dieu. On lui a coupé la tête pour lui ôter son chapeau ! Aujourd'hui encore où ressurgissent les débats sur la laïcité, il en est un peu le symbole. Une des rues de Montmartre porte son nom, je vais vous y conduire. »

Le groupe s'éloigne de la statue et se tourne vers le Sacré-Cœur. Une des participantes dit en riant qu'il ressemble à une grosse meringue. L'atmosphère se détend, on tente d'oublier le jeune martyr. Une halte devant l'église Saint-Pierre, la plus ancienne de Paris, et son petit cimetière abandonné. À travers la jolie grille sculptée, c'est à qui se penchera le plus pour apercevoir les tombes couvertes de mousse et envahies de ronces. Une autre histoire sanglante a eu lieu juste ici pendant la Commune. Camille aime bien relater la terreur des siècles passés. « C'était bien pire avant. Oui, la Commune, je vous en ai déjà parlé, ces sept jours d'horreur absolue en plein Paris, ces vingt mille morts, la faim, le sang, les fusillés… » Ils se dirigent vers la place du Tertre où ils font une pause au milieu des peintres qui brandissent leurs chevalets. Des copies de Poulbot, des caricatures, des esquisses du Sacré-Cœur sont tendues vers eux, ça crie, ça baratine, ça chantonne, ça sent le vieux Paris et l'arnaque touristique.

« Au début du siècle dernier, on trouvait beaucoup de filles mères dans ce quartier. Elles posaient nues pour nourrir leurs enfants. Elles les laissaient seuls, parfois la journée entière, et pour les calmer, il était fréquent qu'elles coupent leur biberon avec de l'absinthe ! D'ailleurs, Suzanne Valadon, qui était la mère d'Utrillo, avait l'habitude de saouler son fils pour qu'il dorme. Ce qui, au passage, ne l'a pas empêché de devenir un peintre génial mais… alcoolique ! » En évoquant ces gigolettes qui faisaient tourner la tête des hommes de la bonne société, Camille pense à ses ancêtres dont les frasques se déroulaient à la même époque. Elle les imagine attablées dans l'un de ces bars aux ambiances canailles qui entourent la place.

Les rues cabossées les conduisent jusqu'à un bistrot rose bonbon devant lequel Camille s'arrête : « Voilà La Maison Rose, qui a toujours été une cantine pour les artistes de Montmartre. Picasso adorait cet endroit. »

Elle sort de son sac à dos un carnet rempli de notes et se retourne vers son petit groupe : « Vous voyez ce restaurant en bas, juste après les vignes, qui s'appelle Le Lapin Agile. Est-ce que vous entendez Apollinaire qui y déclame ses poèmes ? Ah, et regardez dans le coin, c'est encore Picasso qui traîne avec ses pinceaux. C'était un cabaret où se côtoyaient les assassins et les génies.

– Parfois ils sont les deux à la fois ! J'en ai rencontré beaucoup dans ma vie, ah si vous saviez ! » dit tout haut une dame très chic en s'esclaffant. Perchée sur ses talons à semelles rouges, elle avait failli glisser sur les pavés au moins trois fois. Elle détonne au milieu de l'assemblée, avec son manteau blanc et sa toque en fourrure.

« Ah, Marie-Eugénie, vous y êtes déjà allée ? demande Camille.

– Oui, très souvent avec mon grand-père et j'y ai chanté des chansons grivoises, j'ai été jeune moi aussi. Ah, c'était vraiment une autre époque ! »

Un pigeon frôle son épaule comme un soupir avant d'aller se poser sur un réverbère. La troupe repart gaiement dans la rue en pente. Ils vont reprendre le funiculaire avec des histoires plein la tête. Ils ont encore découvert un nouveau pan d'une ville que, pourtant, ils habitent depuis toujours. C'est drôle comme parfois on en sait plus sur les lieux où l'on ne fait que passer.

Camille aperçoit au loin deux silhouettes sombres qui glissent dans une impasse. Elle a reconnu ses aïeules qui se retournent pour lui sourire avant de disparaître.

Les ratures

Comment croire qu'elle vit avec lui depuis déjà quinze ans. Au début Camille craignait que cette aventure soit sans lendemain. Raphaël était arrivé dans sa vie à un moment où plus rien n'allait, où elle avait baissé les bras. En se retrouvant dans les siens, éclaboussée par ses rires immenses et son regard éclatant, elle se demandait pourquoi ce garçon génial pouvait s'intéresser à elle.

Camille sort de sa douche et se regarde dans la glace. Tout en se poudrant les joues avec sa Terracotta, elle revoit ce jeune homme qui lui avait transpercé le cœur. Qui s'était introduit dans sa vie, dans son corps et dans ses rêves en lui promettant une vie menée à grandes voiles. Elle se souvient de l'intensité électrique qui les reliait, à peine effleurait-il son bras que sa peau frissonnait, ses poils se hérissaient. Elle ne l'a pas connu, elle l'a reconnu. Lui et rien d'autre. Elle est très vite tombée enceinte de Louise, en moins de deux ils furent bientôt trois à rester collés serrés des jours entiers. Elle a cru toucher du doigt le bonheur en profitant de ces heures lumineuses mais, comme s'il fallait en payer la rançon, des jours sombres s'y sont intercalés. L'ambiance avec ce mari qu'elle avait choisi pour le meilleur et pour le pire s'est mise à osciller sans prévenir.

Elle a découvert peu à peu la face cachée de cet homme qu'elle aimait. Ses sautes d'humeur, ses accès de colère l'effraient. Certaines de ses amies lui ont conseillé de le quitter. Dorothée, la seule à connaître les détails, lui a parlé d'un centre où elle pourrait rencontrer des femmes qui ont vécu la même chose. Cela l'aiderait à sortir de cette emprise. Camille lui a ri au nez. Comment leur faire comprendre ? Chaque fois qu'ils se retrouvent après une dispute, Raphaël semble plus perdu qu'elle. Dès qu'il s'excuse, une tendresse intacte la pousse à le croire sincère. Il suffit qu'il la serre dans ses bras pour qu'elle lui pardonne.

Mais elle ne veut pas y penser. Ce soir, pour son anniversaire, il l'emmène dîner dans un grand restaurant. Tout en courbant ses cils avec son mascara noir intense, Camille sent que sa vie est passée de l'autre côté de ce miroir sans qu'elle s'en aperçoive. Les petites rides qu'elle tapote, elle arrive à les camoufler, à les engranger. Comme un raton laveur, elle grignote ce qui la dérange. C'est comme ça. Sa maman l'avait pourtant prévenue : dans la vie, attention il n'y a pas de brouillon, on fait des ratures, mais après on ne peut plus les gommer.

Aujourd'hui encore, Camille s'est levée très tôt. « L'écrit ça arrive comme le vent, c'est nu, c'est de l'encre, c'est l'écrit, et ça passe, comme rien d'autre ne passe dans la vie, rien de plus, sauf elle, la vie. » Cette phrase de Duras inscrite sur la couverture de son nouveau cahier lui donne des ailes. À l'aurore, elle vogue la plume au vent, avec ses mots en ribambelle. Des mots lasso pour rattraper le temps en plein vol. Tout ce passé qui l'a déterminée, composée. Toutes ces existences dont elle est le prolongement.

Avant de quitter la salle de bains, elle se regarde une dernière fois. Le gloss fait rebondir sa bouche ourlée, et ses lèvres oscillent entre tristesse et sourire, prêtes à défier les entourloupes de la vie.

Le dîner d'aveux

L'alliance que Raphaël roule du bout des doigts, la nappe si blanche qu'elle se reflète dans ses yeux… Camille lève la tête vers le lustre en forme de bouquet de tulipes et se demande si un jour il ne va pas se décrocher. Elle imagine une femme entre deux âges, installée face à son amant sous ce luminaire. Juste au moment où elle introduirait une cuillère remplie de soufflé au chocolat dans sa bouche au tracé flou, il s'écraserait sur elle. Une explosion de saveurs, qui serait sa dernière joie avant de disparaître dans un fracas de verre, d'arthrose et de cheveux laqués. Un dernier soupir aux effluves chocolatés, trois petits-fours et puis s'en vont. À quoi tient la vie ?

Raphaël a reconnu l'expression de sa femme quand elle commence à s'évader dans des rêveries sans queue ni tête. Pour une fois, il ne s'énerve pas et continue de la fixer avec tendresse : « Je ne peux pas croire que tu aies trente-huit ans. Souviens-toi de notre première rencontre. Tu étais seule dans ton coin à siroter ta vodka tonic. J'ai tout de suite été fasciné par ta bouche en cœur, j'ai su que tu m'attendais. On s'était déjà rencontrés quelque part, dans une autre vie, c'est ce que je t'ai dit ce soir-là, et c'est ce dont je reste persuadé : on se retrouvera toujours, quoi qu'il arrive. Quand je pense qu'il a fallu que j'attende l'effet de ma quatrième bière pour oser t'aborder, tu crois que j'aurais pu passer à côté de toi ? Tout ne tient qu'à un fil. Si je ne t'avais pas connue, je pense sincèrement que je ne serais plus là aujourd'hui. »

Camille qui vient de siffler sa deuxième coupe de champagne se gargarise de ces mots bleus. Depuis quelques jours, Raphaël est plus doux encore que l'étole en cachemire qu'il vient de lui offrir. Presque deux semaines qu'il ne s'est pas mis en colère ni contre elle, ni contre le chat, ni contre les filles ! Un record. Pas un mot plus haut que l'autre, à croire qu'il est sous surveillance. Il ne grogne même plus dans sa barbe. Et ce dîner, une jolie surprise. À la Bastille, chez Bofinger. Elle retombe amoureuse de lui et le regarde en rougissant de toutes les pensées coquines qui l'assaillent. Il est encore plus beau qu'avant. C'est injuste, les hommes, eux, sont mieux à partir de quarante ans.

Tous ces délices à portée de couverts en argent la comblent de joie. Sans savoir pourquoi, est-ce à cause de ce bonheur trop grand, ou juste parce qu'elle se sent pour une fois en phase avec ses désirs, soudain Camille sent que c'est le moment. D'aborder le sujet. D'oser enfin lui demander, à ce mari plein d'égards, pourquoi il a fouillé la cuisine comme un malpropre. Comment il a deviné, et trouvé. Surtout, pourquoi il ne lui a rien dit ? Il faut qu'elle sache. Ses idées tournent en boucle, la colère s'immisce dans sa gaieté. Les bougies soulignent des ombres sur le beau visage de Raphaël qui a baissé les yeux. L'excitation est passée, la griserie s'est évanouie. Elle attend qu'il la regarde, les yeux ne savent pas mentir, ils sont reliés directement aux sentiments.

Le risotto aux langoustines est avalé tout rond. Elle craint de vomir tant ces minutes l'oppressent. Mais elle n'ose pas se lancer, effrayée à l'idée de tout gâcher, elle préfère remettre à demain, une fois de plus : « Procrastiner, ça se dit ? Je procrastine, je suis une crétine, oui mais là je me sens si bien… C'est étrange ces cure-dents sur cette nappe blanche, ça gâche un peu la délicatesse. » Ses idées s'entrechoquent, les goûts et les couleurs se mélangent, elle a la mémoire qui flanche, les idées qui bâillent : elle est pompette ! Pas facile, dans ce tourbillon de désir et de sensations, de meubler le silence, qui devient pesant.

Raphaël attrape un des bâtonnets à bout pointu, et le mord machinalement. Puis il le pointe vers Camille et, comme s'il avait lu dans ses pensées : « Camille, je dois t'avouer, j'ai tout lu. Je voulais te le dire avant. Mais j'ai eu peur que tu m'en veuilles. » Soudain dégrisée, Camille entre en apnée. « Oui, je n'ai pas pu m'en empêcher et tu sais quoi ? C'est bien, c'est très bien ! » Des frissons lui secouent les omoplates, elle a l'impression que tout le dîner va ressortir, mais c'est juste un hoquet qui l'a prise au dépourvu. Derrière ses yeux embués, elle se sent couler au fond d'elle.

Il trouve ça bien, il avoue, il s'excuse.

Ignorant le chariot à desserts qui passe derrière lui, il continue : « Camille, ce livre te ressemble et je trouve ton style vraiment bien. J'ai été transporté. » Camille est submergée. Trop d'émotions, trop de nourriture, trop de champagne, trop d'amour, trop d'années, trop de choses tues, trop de tout, des larmes remplies de tous ces trop coulent sur ses joues. Puis, par habitude, elle renifle ce débordement d'émotions, et un sourire remonte jusqu'à ses oreilles tant ces mots la font chavirer.

Elle s'entend lui répondre : « Je craignais que tu trouves ça nul. Je ne sais pas comment c'est arrivé, j'ai l'impression que ce n'est pas vraiment moi qui écris, tu sais. Je suis comme un scribe, ma lignée d'aïeules me dicte tout, je t'assure, ne me prends pas pour une folle ! Ça vient de si loin que je ne sais pas ce que je raconte parfois ! Dis-moi vraiment ce que tu en penses ! Et comment tu es tombé dessus ? Je te le cachais parce que j'en avais honte.

– Oh, ça c'était facile, c'est mon côté inspecteur Gadget, détective sans peur et sans reproche ! »

Il fait une pause avant de reprendre en s'essuyant la bouche.

« Je t'entendais quitter le lit pour aller dans la cuisine. J'ai cru un moment que tu étais devenue boulimique, que tu passais des heures devant le frigo à grignoter les restes du dîner ou à lécher la plaquette de beurre, comme ma mère qui dormait le jour et se levait la nuit. Je t'ai déjà raconté quand je rentrais de boîte à pas d'heure, je la surprenais les yeux en chiffon et le peignoir bâillant en train de dévorer du jambon posé en vrac sur la table de la cuisine. Elle était penaude et du coup, je ne me faisais jamais engueuler de rentrer si tard, j'étais sûre qu'elle ne répéterait rien à papa. De toute façon, elle s'en foutait de moi. »

Il pose ses poings serrés sur la table. Camille n'a aucune envie de replonger dans ses souvenirs familiaux qu'elle connaît par cœur, elle veut seulement qu'il la complimente encore et encore. Savoir ce qu'il pense. Comme quand elle avait une bonne note et qu'elle était si fière ! « C'est vraiment vrai ? Tu as aimé pour de bon ? » Elle fait sa mijaurée : « Tu dis ça pour me faire plaisir, pour mon anniversaire ! » Elle est sur un nuage au goût de risotto champagnisé, ses oreilles bourdonnent et elle entend à peine quand il lui lance pour clore le sujet : « Oui, ma chérie, c'est bien, *mais* ça pourrait être mieux. » Comme sur ses bulletins d'école, c'était toujours *Pourrait mieux faire*. Et il ajoute en fronçant les sourcils : « En plus c'est bourré de fautes d'orthographe, si tu veux, je peux corriger ! »

Devant sa crème brûlée, Camille savoure la sensation d'exister dans le regard de son mari. Pour ce qu'elle fait.

Sur le chemin du retour, ils marchent côte à côte, silencieux, absorbés, accompagnés de leurs ombres chancelantes.

Les grandes horizontales

Depuis qu'elle tente de recoller les bribes de vie de celles qui l'ont précédée, Camille a l'impression de plonger à l'intérieur d'elle-même. L'autre soir, écoutant Delphine Horvilleur à la radio, elle a été bouleversée : « Pour tisser un panier, il faut passer un fil ou de la paille entre les lanières bien rangées de la lignée précédente. Un panier se construit toujours de bas en haut. Chaque nouvelle rangée s'accroche à celle qui lui a donné naissance, s'ancre en elle, pour constituer à son tour le support solide de la rangée suivante. On comprend aisément la métaphore : une génération en hébreu est une rangée d'un panier. Elle s'attache à la force de la précédente et anticipe la consolidation de la suivante. » Cette femme rabbin venait de lui confirmer qu'en mettant à nu le passé, elle démêlerait les nœuds générationnels de sa famille. Pour s'en délivrer. Et briser des chaînes néfastes afin que ses filles n'en héritent pas, n'en souffrent pas.

Tout en songeant à ces liens invisibles autant qu'envahissants, Camille tombe sur la photo d'une autre de ses aïeules. Elle l'ausculte, s'attarde sur un détail, sa main, sa taille fine, ses yeux dans le vague. Et aussitôt, comme par magie, le tirage en noir et blanc se met à prendre des couleurs et à se raconter.

Renée de Vériane, sans mari et sans enfants, était la jeune sœur d'Henriette, son arrière-arrière-grand-tante ! Née vers 1885, ce fut une artiste libre et déroutante, sculptrice, journaliste sportive, qui vivait entre New York et Paris. Elle eut son heure de gloire pour ses bustes de gens célèbres et plus tard pour ses « poupées en terre ». Elle sculptait des femmes du monde, des filles de joie et des mannequins de trente centimètres qui envahissaient de leurs fesses rebondies son atelier de la rue Aumont-Thiéville. Camille a retrouvé une critique, parue dans *Le Gaulois du dimanche* en 1920, sur l'une de ses expositions qui avait eu lieu au Palais Galliera. Ses sculptures y présentaient les nouvelles collections. L'expo avait pour titre « La mode par les poupées ». L'article décrit ces figurines émaillées, habillées par les grands couturiers de l'époque : « De vraies petites grandes personnes qui suivent la mode de très près… Vous toutes, élégantes mondaines, qui savez d'un coup d'œil juger du chic d'une toilette, vous ne pouvez manquer d'admirer ces silhouettes qui synthétisent le goût français dans ce qu'il y a de plus brillant : l'élégance de la Parisienne. »

Renée avait également dessiné des menus érotiques, aussi ravissants qu'appétissants. La grand-mère de Camille les lui avait montrés en cachette et, devant l'enthousiasme de sa petite-fille, lui avait promis de les lui laisser à sa mort. Elle revoit sa bonne-maman lui raconter, les yeux gourmands, qu'ils étaient voués à attiser la flamme d'un homme que la nièce de Renée voulait séduire.

Ces menus, datés de 1915 à 1921, évoquent des parties

de jambes très en l'air, des délices sans tabou. Sur l'un d'eux, des sexes masculins dressés comme des bougies éclairent un arbre de Noël, et si l'on soulève ce sapin, un minou délicieusement offert vous saute aux yeux. Sur un autre, des fesses joyeuses, des foufounes à l'air, des zigounettes gaillardes. Quelques-uns représentent des couples dans des positions abracadabrantes, offrant un manuel de Kamasutra très explicite. Ici, une jeune fille en tutu, jambe en l'air, dévoile allègrement sa petite chatte. Là, des apollons bandants et des minettes sans culotte, en pagaille et en extase ! Ailleurs ils sont trois ou quatre, très appliqués à s'acoquiner les uns les autres. À la queue leu leu ! Des parties fines torrides, des friponneries suffocantes, des positions diablement évocatrices. Tant d'images d'un érotisme grivois croquées par une main experte ! À côté de ces illustrations, une écriture régulière et appliquée décrit des menus suggestifs pour achever la montée de l'eau à la bouche : « langues de chat tripotant des cigares bien roulés », « asperges en branches montées en sauce blanche et salades de demoiselles alléchantes rivalisant avec des marennes vertes excitées en bouche ouverte » ! En guise de dessert, « des bombes glacées montées en neige, des cigarettes de petites langues et des douceurs roucoulantes et explosives », de croustillantes frivolités qui devaient se chamailler dans les babines bien léchées. Tant de repas que Camille ose à peine imaginer, tellement ils devaient être affriolants, où les dessous coquins attiraient les liqueurs savoureuses, où le désir devait frémir avec autant de gourmandise que sur les croquis exquis.

Ces menus ont dû remplir leur mission – pas sûr que

ce soit celle escomptée ! – car sur l'un d'eux, Renée a dessiné des petits choux remplis de bébés pour annoncer à l'homme canaille que sa nièce Rose était tombée enceinte. On n'a pourtant plus jamais entendu parler de celui qui l'avait engrossée lors d'une de ces bambochades et qui fut rayé comme tant d'autres de cette lignée matriarcale : Rose resta fille-mère et voua le reste de sa vie à son enfant.

Secrets de famille

« Quand je pense à tous ces secrets de famille qui ne sortiront jamais au grand jour, à tous ces non-dits… qu'ont-elles camouflé, ma grand-mère, sa mère et peut-être même la mienne, qu'il ne fallait surtout pas que l'on sache ? » Camille mordille son crayon en laissant ressurgir de sa mémoire ses propres incartades, soigneusement cachées. « Sous aucun prétexte, je ne voudrais qu'on découvre mon secret ! C'est fou, j'ai presque réussi à oublier, à faire comme si rien n'avait existé. Et pourtant, oui, pourtant… » Elle se revoit quelques mois après la naissance de Louise, épuisée, grosse, mal dans sa peau. Raphaël ne la regardait plus, elle se sentait abandonnée. Son cœur s'accélère en repensant à ce coach qui avait réussi à la rendre de nouveau belle. Désirable. Un après-midi d'été, le cours d'abdos-fessiers avait subrepticement dérapé. Une caresse sur son épaule et, sans savoir comment, Camille s'était retrouvée dans des bras musclés. Elle s'était laissé bercer par ses mots tendres, et enlacer par ses mains fortes. Elle avait retrouvé son corps de femme. Une délicieuse infidélité, bien vite écartée.

Il avait la peau si douce. Elle pousse un soupir pour éloigner ces images qui lui serrent le cœur.

Il ne lui viendrait pas à l'idée de juger ses aïeules, ces femmes qui avaient souvent trop, et parfois mal aimé. Elle veut seulement tendre l'oreille pour écouter leurs doutes, leurs erreurs et leurs choix. Comprendre les bonheurs, les épreuves, les traumatismes qui ont jalonné leurs existences et qui se sont infiltrés dans ses gènes. Elle en ressent les traces au plus profond d'elle.

Camille ramasse son stylo qui a glissé sur le sol. Elle ouvre son cahier et note : « Les actes de nos ancêtres s'inscrivent dans notre généalogie. Nous sommes imprégnés de ces souvenirs qui dorment quelque part en nous et nous tirent en arrière. Notre héritage pèse sur nos épaules, il faut l'alléger pour parvenir à se tenir droit. On fait ce qu'on peut, mais tant de choses viennent de si loin. Par la suite, nos enfants nous portent à leur tour sur le dos, et ce n'est pas toujours un cadeau. »

Son livre pourrait s'ouvrir sur ces pensées… Elle doit trouver le fil conducteur. Et le transmettre à ses enfants comme un relais qui les aidera un jour à s'envoler sans se perdre. Une transmission de fil en aiguille, aussi légère qu'indéfectible. Faire un petit tour avant de repartir, et ne parler que d'amour, la seule chose qui compte sur terre.

Odette, 1911

Des pas rapides. L'ombre avança dans la nuit qui tombait et la rue s'éclaira. Odette s'était approchée de la fenêtre pour observer le monsieur perché sur son échelle. Tout de noir vêtu, avec une casquette de travers, il allumait un bec de gaz. Des passants frôlaient son escabeau sans le voir au risque de le faire tomber. L'homme rouspéta et redescendit bien vite. La petite fille écarta un peu plus les rideaux de taffetas pour le regarder s'éloigner. Il s'arrêta devant un autre réverbère contre lequel il posa son échelle. Et ainsi de suite, il allait allumer tout le quartier, il avait un sacré boulot !

Pendant quelques minutes elle n'avait plus entendu les cris, ou elle n'y pensait plus. À mesure que l'homme s'éloignait, ils reprirent de plus belle. Des hurlements, des mots qu'elle ne comprenait pas mais qui ne semblaient pas beaux. Des objets qui se cassaient et des pleurs. Elle alla se pelotonner sur son lit en se bouchant les oreilles. Mais aussitôt elle changea d'avis, et les colla à la porte. C'était la voix de sa maman, pourtant elle ne la reconnaissait pas. On aurait dit un rugissement qui sortait d'une forêt en flammes, de plus en plus proche. Des mots incompréhensibles. Odette hésita à ouvrir sa porte, pour mieux entendre ce que ses parents se jetaient à la figure comme des projectiles. Le couloir était sombre, elle aurait voulu demander un peu de lumière au monsieur de la rue. Et aussi qu'il éteigne le son. Devenir sourde, juste un peu. Mais le corridor restait noir et amplifiait le vacarme des phrases cinglantes qui se cognaient les unes aux autres. Son manteau de laine ne la réchauffait plus, elle grelottait. Odette avait sept ans, trop tôt pour comprendre, trop tard pour oublier.

Comme à chaque dispute, elle était persuadée que sa mère avait fait une grosse bêtise. Mais il fallait lui pardonner, elle irait se confesser et tout disparaîtrait dans les grains du chapelet. Je te promets, papa, ce n'est pas sa faute, lâche-la, je t'en supplie. Elle voudrait aller dans leur chambre pour s'interposer. Mais elle craignait de se faire gronder. Maintenant c'étaient des sanglots qu'elle entendait, et le couloir était devenu une rivière. Elle voulut nager pour la remonter, mais elle avait les bras paralysés. Elle rebroussa chemin.

Odette ouvrit les yeux, elle s'était endormie sur son petit lit à baldaquin, serrant fort contre elle sa poupée chérie qu'elle aimait bien plus que ses grandes sœurs. La maison était redevenue silencieuse, l'orage était passé. Elle se leva et ouvrit sa fenêtre. Le jour s'était levé et l'allumeur de réverbères avait déjà éteint toutes les lumières. Odette était triste de l'avoir manqué, mais dans le ciel il restait la petite lune qui allait bientôt disparaître. Elle l'attrapa et repartit se coucher en la glissant sous son oreiller.

L'été en pente douce

L'été, joli et gai. Des soirées de conte de fées. Camille et Raphaël marchent sur la digue main dans la main, la nuit commence à tomber. Jeanne, escorte sautillante, blablate avec son amie Marie sans plus s'étonner de la nouvelle lune de miel de ses parents. Sa grande sœur vient de rentrer des États-Unis, elle a savouré pendant quinze jours son statut de fille unique. Un mois bleu roi, où Camille se sent reine. Un juillet sans fautes et la plage de La Baule pétille de vigueur entre les planches à voile et le Club des Goélands. La petite maison bordée d'hortensias que Raphaël a louée sur Airbnb se trouve à cinq minutes de la mer.

Depuis que Louise est rentrée de son camp, elle dort jusqu'à pas d'heure, décalée de sa famille qui n'y prête guère attention. Jeanne est la seule à s'émouvoir de l'adolescence fastidieuse de sa frangine et de tous les boutons qui envahissent son visage. Ce séjour à l'étranger a métamorphosé Louise, et pas seulement de l'extérieur. Jeanne n'arrive plus à l'approcher, sa sœur est engloutie par son téléphone, ses séries, ses prises de conscience écologiques et ses coups de gueule. Elle sait tout mieux que les autres, et elle s'enferme pour écouter Greta.

Camille laisse sa fille aînée libre comme l'air et ne s'oppose à aucune de ses lubies. Si elle préfère rester enfermée dans sa chambre alors que le jour éclate d'un soleil splendide, si elle refuse d'aller manger une délicieuse crêpe sur les rochers roses, si elle est trop fatiguée pour se lever ou trop en forme pour se coucher, eh bien qu'à cela ne tienne, il faut la laisser tranquille.

Camille se souvient trop bien de cette saison en enfer qui arrive sans crier gare où soudain tout ce que l'on chérissait devient insipide. Elle entend encore les portes qu'elle-même claquait contre l'autorité de son père, sa hargne envers l'injustice du monde entier, et pour couronner le tout, ces kilos en trop. L'impression d'avoir été adoptée, de ne faire partie de rien, et surtout pas de sa famille, une tristesse profonde qui la rongeait de l'intérieur. Prendre conscience que la vie est une impasse. Avoir quatorze ans, et être bousculée par tant de contradictions. Être emplie de rêves déçus, de poupées délaissées, de trésors éparpillés, de rage, d'envie, de passion et de désespoir. Tout en même temps. Et ça se tord, s'enlace, se déchire, s'agglutine pour se fracasser sans ménagement à l'orée d'une personnalité qu'on ne reconnaît plus. L'image est floue, et dedans c'est creux. Il faut du temps pour trouver sa place. Du temps pour ordonner ses sentiments. Pour se retrouver. Tant de temps pour être jeune, et si peu pour devenir vieux.

Louise a donc bien d'autres chats à fouetter et personne ne l'en empêche, ce qui d'ailleurs a le don de l'horripiler encore plus. Jeanne a finalement adopté vis-à-vis de sa sœur la même attitude que sa mère, ne pas tenter de la comprendre. Elle colle ses parents, prend toute la place. Sa première année à l'école de l'Opéra l'a épuisée, elle respire à fond ses journées passées à laisser filer le sable blanc entre ses doigts. Elle profite du présent pour se prémunir de ce qui doit advenir. Elle craint maintenant de grandir et de connaître les mêmes affres que Louise. Pour essayer de faire le plein de souvenirs, elle nage très longtemps, fait la planche en regardant les nuages, et quand la mer est descendue en laissant des vaguelettes sur la plage déshabillée, elle marche jusqu'au phare sans penser à rien d'autre qu'à la sensation de ses pieds qui s'enfoncent dans le sable. Quand elle était petite, cette vase noirâtre la dégoûtait. À chaque âge, on tourne une page.

Installée devant les tentes rayées, Jeanne déguste la pomme qu'elle vient d'acheter au marchand ambulant qui s'égosille : « Elle est revenue, ma pomme d'amour ! » Tout en croquant dans le sucre rouge, elle écoute son père qui lui explique les grandes marées : « C'est une histoire de forces, celles de la lune et du soleil sur la Terre. Une histoire d'attraction qui pousse la mer à se retirer, et tu sais, le cycle des femmes obéit aussi à cette loi. Nous faisons tous partie d'un ensemble qui nous porte de la naissance à la mort, qui régit le ciel, les astres, et qui dure depuis des milliards d'années. Ce soir on regardera ensemble ces étoiles qui sont mortes depuis longtemps et qui pourtant continuent à briller. Tu vois, nous sommes tous des poussières d'étoiles. »

Jeanne pense que oui, sans cesse, tout tourne, tout change, mais tout continue quand même. Pour toujours la mer monte, le jour se lève, les sillons sur le sable et la voix de papa, et le soleil et les nuits chaudes, et l'air salé et le vent qui souffle, et sa maman tout près et ce garçon si beau qu'elle a croisé hier, à ce moment précis, tout cela lui appartient. Même si tout peut s'arrêter d'un coup, ça reprendra ailleurs.

En écoutant son mari d'une oreille, Camille s'est allongée sur son paréo. Elle étend ses jambes dorées et s'étire comme un chat. Elle a enlevé le haut de son maillot et ses seins blonds pointent vers le soleil. Elle perd conscience un instant.

Deux mains se posent sur ses yeux : « Devine qui ? » Elle se redresse d'un bond en reconnaissant la voix de son amie Dorothée. Elles se serrent l'une contre l'autre et s'enroulent dans le sable comme deux enfants.

Liens tressés

« Vraiment, ça me sidère que tu aies encore envie d'en avoir un ! Ton Victor, il n'a que trois ans. C'est crevant un nouveau-né, surtout pour toi… » Camille ne veut pas trop enfoncer le clou, elle scrute les rides de fatigue qui soulignent les yeux verts de Dorothée.

Pour son premier bébé, Camille l'avait accompagnée aux échographies. Elle avait été émue aux larmes en entendant les battements si rapides du petit cœur. Dorothée était allée en Espagne choisir un géniteur sur catalogue. Un père très cher sans aucune autre présence que ses quelques gouttes de sperme, ce si peu de lui qui avait fini par remplir à ras bord l'existence de son amie.

Trois ans après, Dorothée s'est mise en tête de donner un frère ou une sœur à son fils. Rien ne pourra l'en dissuader, sa détermination est toujours aussi forte.

Elles marchent dans l'eau grise, et les coquillages échoués tendent l'oreille pour écouter leur conversation. Camille argumente, mais sans conviction, elle sait que c'est perdu d'avance. Ses paroles, comme les coquillages, attendent la prochaine marée pour disparaître dans l'océan.

Dorothée la coupe sèchement : « De toute façon, tout est réglé ! J'y vais dans six mois et ça sera avec le même géniteur. Mes enfants auront les mêmes parents. J'aimerais que ce soit une fille, sinon je recommencerai ! dit-elle en se retournant pour voir la réaction de sa copine. Hé, fais pas l'étonnée, j'ai toujours rêvé d'avoir une grande famille. Et pas sur un modèle stéréotypé qui ne m'a jamais fait fantasmer. Papa, maman, la bonne et moi ! La carte postale de ta vie ne me donne pas très envie. Excuse-moi, mais je connais l'arrière-boutique, les plats cassés, les hurlements et les portes qui claquent. Et s'il n'y avait que toi… regarde autour de nous, c'est pas joli-joli notre génération de femmes soi-disant libérées ! Les tromperies, les jalousies, les coups bas, pour ensuite se disputer pour les pensions à coups d'avocats. Les enfants à la semaine, qui ont tout en double, appartements, vacances et Noël, mais tu sais, aucun cadeau ne remplira cette moitié de parent qui leur manquera toujours, avec l'un ou l'autre, à jamais coupés en deux. Alors, ça se vaut ! Ce bébé que je vais avoir, il est déjà là, tu comprends, il doit exister, je le sens au plus profond de mon ventre. Mes enfants sont en moi bien avant leur conception. Oui, comme tu le dis si bien sur ce ton moralisateur, il y a toutes les raisons pour ne pas le faire ! Oui, mettre un enfant au monde à presque quarante ans alors que je suis au chômage, c'est de la folie… Eh bien je vais te dire, je m'en fous ! À un point que tu peux pas imaginer ! Je le veux et je vous emmerde tous, et toi, et mon frère et mon père, vous me gonflez ! Peut-être que je suis cinglée, mais cela ne m'empêche pas d'être dans ma vérité ! »

Camille regarde son amie qui se courbe. Ses cheveux retombent sur son visage comme un voile sombre. Elle repense à tous ces étés passés avec elle sur cette plage, construisant des rêves de vie aussi éphémères que leurs châteaux de sable. Chaque année, elles atterrissaient dans la même pension de famille de La Baule, la Villa Caroline. Elles avaient neuf ans quand elles se sont rencontrées, aussi timides l'une que l'autre. Mais quand elles ont réalisé qu'à la rentrée elles se retrouveraient dans la même école, elles avaient vu dans cette coïncidence un signe du destin. Elles ne se sont plus jamais quittées.

Des nuages assombrissent le rivage, puis se dissipent aussitôt pour laisser les flots briller d'une lumière encore plus vibrante. Camille baisse les yeux pour surveiller ses pieds qui éclaboussent sans égards le voile d'eau lisse et tranquille. Son regard file vers l'horizon, jusqu'à cette ligne bleue censée délimiter le ciel mais qui se noie dans la mer. Pourquoi vouloir se situer d'un côté ou de l'autre… Pour ou contre un bébé-éprouvette, comment être sûr ? Elle s'en veut d'avoir émis une opinion aussi tranchée, elle qui n'aime que les doutes et les nuances. Les nuances, se dit-elle, sont comme ces vaguelettes autour de moi, qui évoluent dans l'harmonie selon le vent. Seule une tempête peut d'un coup détruire ces ondes insouciantes et légères. Tout comme les opinions extrêmes anéantissent sans pitié doutes et nuances.

Camille sent son souffle se bloquer comme si l'air s'était épaissi. Elle se rapproche de son amie pour la prendre dans ses bras. « Ma Dorothée, je t'admire. Tu as raison de faire ce que tu sens. J'ai l'impression d'avoir prononcé des mots qui étaient dans l'air et que je ne pensais pas vraiment. En tout cas, je tiens à t'accompagner en Espagne, et même j'assisterai à ton accouchement ! La dernière fois, tu me l'avais demandé, mais ça m'intimidait. Maintenant je suis prête, et aussi à dire merde avec toi à tous ces rabat-joie, à tous ces censeurs étriqués. Haut les cœurs ! »

Le vent se lève et leurs cheveux s'emmêlent. Une natte bicolore se tresse dans l'air en hommage à leur amitié qui défie le temps. En serrant Dorothée contre elle, Camille a douze ans à nouveau. Elles sont en cours de géo, dans leur école de la rue Monge. Pour conjurer l'ennui, cachées derrière leurs pupitres, les deux fillettes ont l'idée de tresser une natte en mélangeant leurs longs cheveux. Prises sur le vif, le professeur les renvoie du cours avec l'obligation d'aller ainsi reliées jusqu'au bureau de la directrice. Leurs deux têtes penchées, l'une vers le haut, l'autre vers le bas, Camille étant bien plus grande que Dorothée. Elles sortent de la classe, attachées comme des siamoises, sous les moqueries des autres élèves.

C'était comme si ce couloir gris qui n'en finissait pas les avait conduites jusqu'ici, sur cette plage immense, unies à jamais par leurs nattes, comme un cordon ombilical qui n'aurait jamais été coupé.

Assises sur la terrasse d'un hôtel, elles sirotent un mojito devant le soleil qui se couche. Dorothée a retrouvé le sourire : « Je suis soulagée de n'avoir plus vingt ans, je suis paumée devant cette génération et tous leurs nouveaux codes. Tu te souviens, l'année dernière, le mec sublime que j'ai rencontré, une vraie bombe ! J'étais folle de lui, mais il était si jeune, vraiment, on se comprenait pas. » Camille suce son glaçon en riant et se met à chantonner :

Il venait d'avoir dix-huit ans
Il était beau comme un enfant
Fort comme un homme
C'était l'été évidemment
Et j'ai compté en le voyant
Mes nuits d'automne…

« Arrête, tu me fais honte, tout le monde nous regarde, en plus tu chantes faux ! » Le rhum monte à la tête de Camille. Un couple assis en chien de faïence juste à côté semble subjugué par ces deux jeunes femmes éméchées.

Leurs mojitos se cognent pour trinquer au soleil qui s'enfonce dans la mer. Les vibrations de leurs verres saluent la nuit qui tombe, comme un gong qui fait résonner leur amitié indétressable.

Jeanne à son journal

Papa corrige et maman tricote, euh enfin elle écrit, son stylo s'envole et tourbillonne au-dessus des lignes quadrillées. Maman qui n'a plus le temps de rien, sauf d'écrire.

Le soir, je rentre de Nanterre, les pieds explosés, ravagée de fatigue et maman s'en fout. Elle ne prépare plus mon bain au camphre et j'ai même plus droit à un massage des pieds. C'est papa qui m'embrasse, c'est lui qui prépare le dîner. Enfin je devrais dire qui commande et Deliveroo qui livre ! Oui, les rôles sont inversés. C'est papa qui nous sourit, il est beau, il a gardé sa mine d'été et il sent bon quand il vient me border. Mais quand même, c'est bizarre tu sais, la maison est toute de traviole.

Maman, on dirait un oiseau qui a trouvé sa voie dans le ciel, maman elle a migré. Une petite maman clandestine ! Elle a installé une table en bois juste devant la fenêtre de sa chambre et il faut surtout pas la déranger. Elle est devenue George Sand et Colette à la fois, ce sont ses deux écrivaines préférées. N'empêche, j'ai la nostalgie de ma maman d'avant. Quand je lui parle, ses yeux restent dans le vague. J'espère qu'elle ne se noie pas. Il y a un voile, une sorte de fantôme qui s'interpose entre nous. L'histoire qu'elle écrit l'accapare tout entière. Ce livre, c'est le noyau de ses atomes, le fruit de ses entrailles. Elle a suivi l'Étoile du Berger, elle est devenue une autre.

Tu te rends compte, elle reste en pyjama jusqu'à pas d'heure, ne se maquille plus, ne se regarde plus. Ni nous, on compte pour du beurre. C'est fou comme tout change si rapidement, toujours. Quand je danse, moi aussi parfois je cafouille pour essayer de suivre le rythme, pour ne pas tomber, ne pas me perdre. Alors, pour me consoler, je me dis que maman, elle a bien le droit d'avoir sa propre chorégraphie. Elle n'est plus là pour nous faire des câlins, ou alors à la va-vite, on n'est plus sa priorité ! Elle n'organise même plus ses visites dans Paris. Et c'est moi qui masse son cou qui lui fait mal à force d'être penchée sur ses mots.

C'est comme ça ! Ce n'est pas si grave, je sais qu'elle m'aime encore.

Je voudrais bien lui raconter ce qui m'est arrivé avec la nouvelle prof dont tout le monde a très peur. Soi-disant c'est une terreur. Hier, c'était le premier cours avec elle, et elle m'a demandé avec sa bouche pincée-serrée : « Jeanne, en pas chassés, vous allez traverser la salle, suivez bien le rythme. » Je n'ai même pas eu peur, j'ai écouté le piano, j'ai senti la petite chaleur m'envahir, toujours là celle-là, c'est comme une clé qui démarre mon moteur, et hop j'me lance, je m'élance, plus rien n'a d'importance, le claquement de la baguette, les miroirs tout autour, et mon cou qui s'allonge et mes doigts qui s'étendent. L'air est plus lourd que moi, il me porte, je m'appuie sur lui, je le traverse. Je n'ai même pas eu le temps de réaliser que c'était déjà fini. « C'est bien, ma petite, baissez un peu les tensions, relâchez les épaules, souriez toujours et ne vous débarrassez pas de l'intention qui vous habite. Je vous félicite ! Jolie aisance, gracieuse, continuez comme ça ! »

Ces quelques mots, cette intonation, ça m'a fait l'effet d'une avalanche. Tout d'un coup, mon cœur desserre ses verrous, ça coule, ça brûle, ça déborde. Des gouttes sur mon front, je ne suis plus qu'une flaque, à ce moment précis je sens en vrai que je suis faite à quatre-vingt-dix pour cent d'eau, comme papa me l'a dit. Plus que fière, je suis vivante, en plein dedans. Je me terre dans le coin de la grande salle, et j'ose à peine regarder les autres filles, qui font à leur tour leurs pas chassés sous les remarques désagréables de madame Bouche Pincée. « Joséphine, vos jambes ont un train de retard, aucune cohérence… Il faut songer à stopper les gâteaux, Charlotte, ou la danse, comme vous préférez. »

Le ton de sa voix est différent. Elle m'a dit quoi déjà ? Je ne suis plus sûre. Je lève un œil vers elle et madame Pincée me décoche un sourire grand comme le ciel. Je peux plus, vraiment plus, regarder aucune des filles maintenant. Je sais qu'elles me détestent et qu'elles vont se liguer contre moi, en jalousie extrême. Tant pis, j'assume, c'est moi la *prima donna* et je ne vais pas me plaindre, ah ça non ! J'ai l'impression d'avoir une auréole sur la tête. Cette fois, c'est moi qui suis la meilleure. Je ne sais pas pourquoi, mais je suis si contente que j'ai envie de pleurer, je pense à maman qui serait si fière. Quand même ! Enfin, j'en suis pas sûre aujourd'hui, on dirait que plus rien ne la touche. Sauf quand elle donne son cahier Clairefontaine à papa. Il le glisse dans son cartable pour l'emporter à son bureau, pour le corriger, qu'il dit… Pourquoi il ne le fait pas en restant près d'elle ? J'espère qu'il ne va pas le lui abîmer. Quand maman lui tend ce qu'elle a écrit, son regard déborde d'espoir. Et moi je déborde aussi, mais je ne sais pas de quoi…

Henriette et Odette, 1911

La mer fermait l'horizon, pourtant la plage qu'on apercevait de la terrasse semblait infinie. Après la sieste, Henriette plia la lettre qu'elle avait écrite à sa petite mère pour lui raconter ses contrariétés. Elle était déçue du climat breton, de la maison de location, et surtout du maigre gibier qu'elle avait tenté de chasser pour caser ses jumelles.

« Assez traîné, on sort, allez zou les demoiselles, c'est le moment de faire vos belles. Vous fêterez bientôt la Sainte-Catherine à ce rythme. Oh non, Marguerite, tu es encore attifée comme l'as de pique ! Quitte ce manteau de laine et va mettre ton paletot blanc, il te va comme un gant. Allons, pincez-vous les joues et tenez-vous bien droites, le soleil est voilé, c'est un temps exquis pour un bain de mer. »

Elles arrivèrent sur la plage de Rochebonne, avec leurs robes qui caressaient le sable. « Viens faire trempette, tu ne vas pas fondre, tu n'es pas en sucre ! » crièrent ses grandes sœurs à Odette en se précipitant dans l'eau, après avoir déposé leurs souliers sous la tente. Leur mère s'était bien calée sur une chaise pliante. Elle hésitait à sortir son ombrelle, trop occupée à épier les allées et venues de potentiels soupirants. Henriette avait loué une maison à Paramé, cette station balnéaire en vogue dont on lui avait vanté les mérites. C'était paraît-il le lieu idéal pour trouver de bons partis à ses filles. Mais la réalité était tout autre.

Les sœurs soulevaient leurs jupons et marchaient dans l'eau en poussant des cris d'orfraie : « Qu'elle est frisquette ! Demain on plonge le corps tout entier ! On mettra nos costumes de bain… Oh, tous ces minuscules poissons, attention aux doigts de pieds ! » Elles s'arrosaient en sautillant de joie, semblables à des libellules. Odette s'était accroupie sur le sable, fascinée par les vagues qui s'écrasaient devant elle. Sa poupée bien calée entre ses genoux, elle admirait les reflets de l'eau jonglant sous le soleil avant de déposer l'écume qui chatouillait ses pieds d'une ganse blanche et sinueuse. Odette pouvait rester des heures à contempler la mer.

« Sœurette, on va faire une partie de badminton, tu nous arbitres ? » À grand bruit et bras déployés, lançant les volants avec leurs petites raquettes, étouffant leurs rires sous les rubans de leurs chapeaux qui tourbillonnaient au vent, les jumelles s'amusaient avec insouciance, sans prêter attention aux contrariétés de leur mère. Une petite fille en robe de dentelle, avec des anglaises encadrant son minois, arriva perchée sur un âne craintif qui frôla les pieds d'Odette. Celle-ci leva les yeux vers la gamine qui se mit à rire. Ses petites dents étaient plus blanches que la craie, et Odette lui envia cette part d'enfance qu'elle sentait déjà s'éloigner d'elle.

Agenouillée face à l'océan, sa jupe s'éparpillait en

formant une corolle qui délimitait son territoire. Elle enfonça les mains dans le sable pour s'amarrer au fond de la terre. Immobile comme une statue, elle resta figée dans cet instant présent déjà passé. L'air douillet chatouillait ses narines, le soleil l'enveloppait, les cris des mouettes s'accordaient au murmure des vagues. L'odeur des algues salées et des rochers sombres envahissait tout son être. Ne pas secouer ces frémissements parfaits, ces oscillations apaisantes, cette perfection du jour qui va. Ce jour déjà si loin, noyé dans le tumulte des flots. Un siècle déjà.

Ses sœurs reprirent leur souffle, et poussèrent Odette pour la faire tomber. « Qu'elle est paresseuse, cette niaise qui ne veut pas bouger ! Nous on doit rester sur la brèche, ne pas être en reste pour trouver un mari, il faut se dépêcher. Déjà dix-sept ans, plus de temps à perdre. » Elles s'inquiétaient de l'air marin qui faisait ressortir leurs taches de rousseur. Manquerait plus qu'il leur donnât des petites rides, il fallait se méfier. Le mariage, ça leur tournait la tête et leurs boucles s'affolaient.

Odette dut interrompre ses rêveries. Ses sœurs la pressaient. Il était temps de rentrer, le soir allait bientôt tomber. Elle se hissa sur ses longues jambes, mille grains de sable s'accrochaient à sa peau, et elle suivit ses aînées qui se dandinaient en faisant leurs belles. En rang d'oignons, elles montèrent l'escalier qui menait à la digue. Leur mère fermait la marche, serrant la main d'Odette dans la sienne, épiant les mouvements de tête des élégants jeunes gens qui venaient à contresens. Dès que le regard d'un homme s'attardait sur ses filles, elle ordonnait discrètement à son petit harem de ralentir, afin de laisser à l'admirateur potentiel le temps de les détailler.

En caressant sa moustache, l'un d'eux ôta son chapeau, puis s'éloigna. Un soupir comme une claque et Henriette, désappointée, repartit l'air de rien. Elle avait pris la tête du convoi et pressait à présent sa troupe qui marchait à petits pas. À la queue leu leu, telle une cane avec ses trois canetons portant raquettes, ombrelles et grands jupons, elles avançaient armées de leurs perfections.

« Oh, doux Jésus, aidez-moi à trouver chaussure à leur pied. Qu'elles ne fassent pas leurs difficiles, je sais bien que mes jumelles ont toutes deux le nez long et la cervelle courte. » Des couples élégants les toisaient en les dépassant, des enfants en costume marin faisaient rouler leurs cerceaux au milieu de la foule.

Odette comprit ce jour-là qu'il ne fallait jamais s'arrêter, sinon on risquait de tomber, comme ces cerceaux. Sa mère la regardait avec tendresse. Elle au moins avait du temps devant elle. Et quel joli nez. Avec ses yeux bridés plus foncés que des pruneaux, elle trouverait des soupirants à tire-larigot !

Odette réclama une friandise d'un air boudeur et Henriette ne put résister devant sa moue chagrine qui lui rappelait son bel amant. À cette pensée, ses joues s'empourprèrent comme celles d'une jeune fille. Son cœur s'affola sous son corsage, elle oublia ses soucis et s'enivra de l'air qui volait à son secours. Elle se rappelait cet homme, revoyait ses épaules, sentait ses mains larges et retrouvait jusqu'à son odeur. Bientôt douze ans qu'elle ne l'avait plus revu. Pourtant il était plus présent que jamais. Son amant magnifique. Le père de sa ravissante Odette, mais chut.

Elle pila devant le marchand ambulant pour acheter la pomme d'amour réclamée par sa chérie. Les jumelles se retournèrent, avec un regard d'envie pour leur sœur si jolie qui croquait à pleines dents dans le fruit rouge.

Jeanne

Louise s'est excusée de table sans s'excuser, bien sûr ! Comme chaque soir elle a dîné à toute allure, arc-boutée sur son assiette, un écriteau « Ne pas déranger » plaqué sur le front. La discussion devait la barber. Papa venait de nous annoncer que son journal lui avait demandé d'interviewer Dylan ! Bob Dylan ! Moi j'étais excitée, papa t'es un génie, j'en rajoutais pour qu'il soit de bonne humeur ! Louise a déposé son assiette dans l'évier pour filer sans demander son reste. Maman a haussé les épaules et soudain la tranquillité fragile du repas s'est évaporée. Je finissais ma purée en maudissant ma sœur qui n'en faisait qu'à sa tête. Pourtant la table était jolie avec les verres colorés et les assiettes à carreaux. Je n'osais pas lever les yeux, sentant les frémissements d'une échauffourée.

Papa a demandé d'un ton hargneux si leur fille allait rester *ad vitam æternam* une ado, « C'est ta faute, tu l'as trop couvée, elle est carrément épouvantable ». Il a sifflé la fin de son verre, et il est devenu rouge comme si le vin avait déteint sur ses joues. J'ai flairé la crise et j'ai essayé de faire diversion pour alléger l'atmosphère. « Au fait j'ai eu une super note pour mon ballet. Je vous ai dit qu'il y avait une nouvelle qui s'appelle Gertrude, c'est moche comme prénom, n'empêche, elle est très jolie, peut-être un peu trop grande mais là ils ont fait exception. C'est... »

Indifférence générale. Le vent qui précède la tempête. La colère des parents s'étalait dans toute la pièce comme un brouillard qui tombe d'un coup. J'avais envie de fuir, mais tout était si pesant que j'étais clouée sur place. La cuisine était devenue triste à mourir, je me suis bouché les oreilles pour ne pas entendre leurs voix cinglantes.

« S'il te plaît, maman... » Mes supplications se sont figées dans l'air. On aurait dit qu'elle n'arrivait plus à se contenir, sa bouche grinçait et ses yeux lançaient des éclairs. Comme si une digue s'était rompue, des flots furibonds avaient envahi l'espace. J'ai eu l'impression de perdre pied, de me noyer et je me suis mordu le poing pour ne pas pleurer. Mes oreilles bourdonnaient, je n'avais plus qu'une envie, retrouver la mauvaise humeur de ma sœur et m'y accrocher comme à une bouée de sauvetage. Mon père s'est levé pour esquiver les insultes et a pris le relais en injuriant encore plus fort maman. Son visage était tordu comme un Picasso. J'ai cru un moment qu'elle allait soulever la table pour nous écraser. Dans un sursaut, j'ai bondi pour fuir le champ de bataille. Je me suis cogné le petit doigt de pied contre la chaise en fer, et j'ai hurlé moi aussi dans la cacophonie infernale en filant comme une dératée.

Je me suis effondrée sur mon lit en sanglotant. Ma sœur m'a rejointe, aussi effrayée que moi, on s'est blotties l'une contre l'autre en cachant nos têtes sous la couette. De vraies autruches ! Dans le noir, on a prié en joignant nos mains pour que ça s'arrête. À l'autre bout du couloir, nos parents se déchiraient, laissant libre cours à leurs cris. C'était comme si un tremblement de terre brisait en même temps les assiettes et les verres.

Nous, on implorait le ciel. J'essayais de souffler à mes parents les règles de la marelle. « Un, deux, trois, saute, papa, saute, maman, sautez en l'air, sautez l'enfer pour retrouver le paradis. » J'avais trop peur de les perdre. Pourquoi ils se disputaient encore ce soir ? Sûrement pour rien du tout. Ou alors, il lui cache des choses qu'il fait par-derrière ?

Soudain plus un bruit. Louise et moi on a relevé nos têtes pour ausculter le silence, ce calme soudain nous effrayait encore plus. On a poussé un soupir en entendant des pas se rapprocher et un bain couler.

« Tu comprends pourquoi on ne doit jamais devenir comme eux », m'a dit Louise avec une drôle de voix.

En fermant les yeux, je me suis remise à prier, mais pour nous cette fois-ci. Pour qu'on reste pour toujours loin de la folie des grands.

Odette, 1913

« Toujours plantée devant le hublot ? » Odette se retourna vers sa mère qui venait d'entrer dans sa cabine. « Vous feriez mieux de rejoindre vos sœurs sur le pont pour prendre un bon bol d'air. » Sous le chapeau à voilette, les yeux devinrent sévères. « Vous êtes pâlotte, j'en viens à regretter de vous avoir emmenée. Georges avait raison, vous êtes trop jeune, j'aurais dû vous laisser à Paris avec votre frère. »

Depuis quelque temps, Henriette se sentait constamment épuisée. Elle s'énervait pour un rien, prisonnière d'une vie qui ne lui correspondait pas. S'efforçant de dissimuler sa mauvaise humeur, elle leva les yeux au ciel. « Allez ouste, reprenez-vous, c'est ainsi, j'ai moi aussi passé toute ma vie à me forcer. » Odette, en devenant une jouvencelle, s'éloignait d'elle, et inconsciemment sa mère lui en voulait.

Quand Henriette fit demi-tour, il ne resta plus de sa présence qu'un effluve de Jicky. Odette sortit à grand-peine de sa chambre et traîna son corps devenu trop grand pour elle. Tout l'ennuyait, mais elle devait obéir. Dès que le bateau s'était éloigné du port de Gênes, son excitation était retombée comme un soufflé raté. Elle avait eu l'impression étrange que son âme était restée à quai. Et puis, elle ne supportait pas ce mal au cœur qui ne la quittait pas.

Elle s'amarra au bastingage pour ne pas tomber dans l'océan sombre. Pour la première fois, la mer n'arrivait pas à la consoler. Les vagues tristes se fendaient autour de l'énorme navire et elle se sentait aspirée par cette masse silencieuse. Son petit monde, qu'elle avait réussi à contenir tant bien que mal jusqu'à présent, semblait secoué par les flots agités, tout chancelait autour d'elle. Le mistral s'était invité à la fête et ses longs cheveux ondulaient dans l'air comme pour aller voir ailleurs si elle y était. Odette dérivait à travers des ondes gravitationnelles qui faisaient vibrer le cosmos. Les étoiles et les galaxies courbaient l'espace qui se délitait et se contractait, elle en ressentait les rayons jusque dans sa chair. Son esprit tourbillonnait dans le vide, elle frissonnait, se noyait à l'intérieur de son corps. Et soudain s'effondra.

Quand elle ouvrit les yeux, des visages inconnus étaient penchés sur elle. Son premier réflexe fut de s'excuser : « Que s'est-il passé, je suis si désolée. » Mais aucun son ne sortait, elle était devenue muette. Un jeune homme s'était approché d'elle et lui prit les mains. Ce contact était si doux qu'elle retrouva ses esprits et s'aperçut à sa plus grande honte que sa jupe était remontée au-dessus de ses genoux. « Ne vous inquiétez pas, mademoiselle, vous avez juste perdu conscience quelques minutes. » Cela lui avait semblé des siècles, elle venait de faire un voyage au milieu des anges. C'était si lumineux, une sorte de paradis. « Peut-être souffrez-vous du petit mal, comme moi. Je vous en dirai plus, mais d'abord, essayez de vous lever en prenant votre temps… »

Il repoussa les curieux amassés autour d'eux et l'aida à se mettre debout. Il était beaucoup plus grand qu'elle, elle n'osait pas le regarder, et il l'accompagna jusqu'à une chaise longue qui lui tendait les bras. Dès qu'elle fut allongée, il l'emmitoufla sous une couverture. Elle remarqua son sourire immense. Sa casquette bleu marine avait la même couleur que ses yeux, elle prit une inspiration et se sentit rougir. D'une voix douce, il lui décrivit exactement ce qu'elle avait ressenti. Odette avait l'impression qu'il la connaissait. Son cœur battait si fort qu'elle craignit qu'il ne s'en rende compte. « Merci beaucoup, je suis vraiment désolée. » Cette fois-ci, les mots sortirent si vite qu'elle en fut surprise. Elle releva la tête vers lui avec la certitude de comprendre la raison de tout ce qui venait de lui arriver. À cette minute précise, sa perte de connaissance et la présence de ce jeune homme lui apparurent comme une évidence. Une réalité légère l'enveloppait. Elle eut une furieuse envie de lui sauter au cou. Un coup de foudre, un coup de vent ou un coup du destin, peu importe, elle se sentait plus vivante que jamais.

Sa mère, alertée par des passagers, accourut essoufflée et écarlate. Elle récupéra sa fille, non sans avoir froidement remercié le jeune homme. Elle qui l'avait, une heure auparavant, forcée à sortir de sa cabine, elle l'y ramena de force au moment même où Odette aurait tout donné pour rester dehors. « Oh, mère, supplia-t-elle, il m'a sauvé la vie. Ce garçon, il connaît tout et bien plus encore, si vous saviez ce qu'il m'a dit ! Je n'ai même pas eu le temps de lui demander son nom ! » D'un ton sec, sa mère lui ordonna de s'étendre sur sa couchette. « Il se prénomme François, c'est ce que j'ai cru entendre dans l'affolement avec lequel ces bonnes gens m'ont prévenue. Reposez-vous un peu, ma douce, et soyez à dix-neuf heures au *dining-room* pour le souper. »

À peine la porte claquée, Odette bondit vers la salle de bains et, face au miroir, prononça le prénom exquis. Elle le répéta en boucle, sans pouvoir s'arrêter. « François, François. » En se regardant fixement, elle ne voyait que lui. Ses lèvres entrouvertes poussées en avant pour dire : « Fran… », et un sourire pour la seconde syllabe : « … çois. Çois, sois, soie, soi… » Les syllabes retentissaient en écho. Ses propres yeux ne lui avaient jamais semblé si noirs. La pupille avait pris toute la place, repoussant l'iris qui l'entourait d'un halo noisette. Mille feux s'y reflétaient et même ses joues étaient devenues inhabituellement roses et brillantes. Hypnotisée par son mantra qu'elle continuait de psalmodier, « Fran-çois-Fran-çois », elle se sentit couler à nouveau, mais dans la béatitude. Comme si elle était en méditation profonde, aucune pensée ne venait plus la troubler. Dans ce monde en équilibre parfait, tout s'était ordonné autour d'une force lumineuse qui la remplissait. C'était si familier, comme une évidence avec laquelle elle fusionnait depuis la nuit des temps.

Elle fut réveillée par une douleur à la tête, étendue sur le sol en marbre. Odette avait à nouveau perdu connaissance. Elle se releva, son front saignait. Elle avait déjà oublié cette minute si pleine de secondes, de nanosecondes, dilatée dans un espace-temps à la fois minuscule et démesuré. Un peu d'eau froide sur sa blessure, vite, c'était déjà l'heure du dîner. Elle brossa ses longs cheveux en fredonnant un air à la mode :

Je t'ai rencontré simplement
Et tu n'as rien fait pour chercher à me plaire
Je t'aime pourtant
D'un amour ardent
Dont rien, je le sens, ne pourra me défaire...

Un dernier regard dans la glace, elle se trouva plutôt jolie.

Odette dévala l'immense escalier qui menait à la salle à manger. Ses bottines lacées écrasaient le tapis rouge, sautaient les marches sur un air de fête. Heureusement que personne ne la voyait, ce n'était pas élégant pour une jeune fille bien éduquée de paraître si joyeuse. Elle pensa au Lapin blanc de Lewis Carroll, dans ce livre qu'elle avait tant aimé. « J'suis en retard, en retard, j'ai rendez-vous quelque part... » On allait encore la gourmander, jamais à l'heure, toujours dans la lune, mon Dieu, cette enfant !

Les lustres vacillaient, les nappes valsaient, les couverts scintillaient et les verres se levaient à son passage. À présent que tous les yeux étaient dirigés vers elle, ses pas se resserrèrent comme il se doit, se faufilant à travers les tables pour retrouver sa famille. Ils étaient déjà tous installés, papa, maman, les deux chipies et mademoiselle Zèle qui fut la seule à l'accueillir en souriant.

« Nom d'un petit bonhomme, vous voilà enfin ! Vous

vous êtes mise sur votre trente et un, il me semble ! » Père leva son énorme sourcil et ajouta : « Vraiment, vous êtes gracieuse ce soir. Vous devenez une vraie jeune fille, vous ne trouvez pas, chérie ? » Sa mère, sans la regarder, glissa : « Oh, Georges, si vous saviez, elle a encore fait des siennes aujourd'hui… Diantre, j'ai eu une peur bleue ! Notre Odette a fait une chute sur le *deck* et je l'ai trouvée racrapotée sur une chaise longue, pâle comme la mort. On dirait qu'elle ne tient pas en équilibre. Je pense qu'elle a trop grandi, ce sera difficile de lui trouver un mari à sa taille, la pauvre, elle est si pataude avec ses longues gambettes. »

Depuis quelques années, Henriette avait changé, un rien l'agaçait. La naissance de son petit dernier avait perturbé ses plans d'indépendance. Au moment où elle allait enfin donner un nouveau sens à sa vie, ses rêves s'étaient écroulés. Elle fut obligée de garder cet enfant qu'elle ne désirait pas, car à son âge elle risquait de mourir si elle le faisait passer. Elle avait eu l'impression que le sort s'acharnait contre elle. Chaque fois qu'elle s'approchait du bonheur, un événement lui barrait la route.

En lui ôtant un œil, cet accident stupide l'avait empêchée de vivre sa grande passion et par la suite, cette grossesse tardive lui avait barré le chemin de la liberté. Alors, elle était devenue une autre femme, en proie à des humeurs maussades. Certains jours, elle pensait que seule la mort pourrait la délivrer. Même si Odette lui vouait une passion débordante, sa mère s'en était peu à peu détachée : cette petite réussissait à la mettre hors d'elle. Elle lui rappelait son amour défunt et donc sa plus grande défaite.

Les jumelles s'esclaffèrent sous leurs serviettes blanches. « Oh mon Dieu, vous vous êtes amoché le front », lança Zèle d'un ton horrifié. La gouvernante avait été la seule à remarquer la grosse bosse, ainsi que les larmes qui perlaient des yeux d'Odette. Les joues en feu, celle-ci baissa le visage pour se réfugier sous ses boucles. Elle détestait être au centre des attentions. « Et ce jeune garçon qui l'a secourue, il faudra lui écrire un mot pour le remercier, n'est-ce pas, mon cher ? » Georges, qui était déjà plongé dans le menu, acquiesça tout en hélant le maître d'hôtel, sans plus de curiosité pour cet incident. Il commanda les six repas sans demander l'avis de personne. Il avait plein pouvoir sur *ses* femmes, s'étant décrété le seul maître à bord. Même son épouse avait tourné le dos à toutes ses émancipations ridicules. Depuis la naissance du petit dernier, Henriette était rentrée dans le rang et ne militait plus pour tout et n'importe quoi.

Georges parlait fort, bien qu'étant le seul à s'écouter. Sa femme bâillait en cachette, Rose et Marguerite se moquaient à présent de Zèle qui s'était assoupie bouche grande ouverte. Son menton s'affaissait dans son cou, on pouvait s'attendre à la voir sombrer tête la première dans son assiette. Odette fut prise d'un fou rire que le regard navré de sa mère ne parvint pas à stopper. Elle mit ses mains devant sa bouche comme pour empêcher ses gloussements de s'échapper en cascade. Ses yeux se plissèrent, ses épaules tremblèrent, tout son être ruisselait de cette franche gaieté.

La vieille fille se réveilla en sursaut et rajusta ses binocles, l'air si perdue qu'Odette fut prise de pitié pour elle. Elle la plaignait maintenant de tout son cœur en se rappelant que sa pauvre nounou n'avait jamais connu l'amour. Un jour Odette lui avait posé la question. Non, sa seule famille c'était eux. Zèle tenait comme à la prunelle de ses yeux à ces demoiselles qui lui menaient pourtant la vie dure.

Le serveur remplit les verres des parents. Comme si le cliquetis du cristal avait sonné les trois coups, l'orchestre se mit à jouer. Entre la poire et le fromage, père et mère se levèrent pour une jolie valse sur le parquet brillant. Odette reconnut immédiatement l'air qu'elle adorait : « Fascination ». Ses parents tournoyaient en gardant les yeux rivés sur l'assistance, sûrs de leur effet. « Un si beau couple. » On entendait les chuchotements admiratifs, et Henriette semblait s'en gargariser. Un instant, elle retrouva son sourire. Sa longue robe battait le sol en rythme. Elle s'élança de plus belle.

Odette frissonna en se rappelant le sourire de François. Elle fredonna le refrain, « Je t'ai rencontré simplement… », et jeta un coup d'œil alentour, pour voir s'il se trouvait dans la salle. Désormais elle le guetterait sans cesse. Les desserts furent servis, Odette savoura sa bombe glacée. Elle lécha la cuiller en argent et ferma les yeux en pensant à lui. C'était ça, tomber amoureuse : d'abord on tombait et puis tout s'enchaînait. Le ravissement de l'incertain.

DEUXIÈME PARTIE

Les vases communicants

Une poupée qui dit oui

Un coup de pied pour faire valser les cailloux, un coup d'œil vers le ciel pour se rassurer. On pourrait penser que Raphaël rentre du journal, il longe la Seine jusqu'à la mairie. Il connaît chaque péniche par cœur. Son regard se perd dans le spectacle des cygnes qui barbotent autour des coques. Un guitariste joue dans la petite cour du Louvre, Raphaël s'arrête au milieu des badauds.

Je m'suis fait tout petit devant une poupée
Qui ferme les yeux quand on la couche
Je m'suis fait tout petit devant...

Il presse le pas, et sourit en douce.

12369, tout un programme, il connaît le code sur le bout des doigts. Il passe le porche, respire pour calmer sa légère appréhension, appuie sur la sonnette qui ressemble à un sein et des dring-dring éloquents résonnent jusque dans son corps. Quand le jeune homme à la barbe polissonne lui ouvre, Raphaël est un peu gêné, mais pas plus que ça. Il lui tend son manteau de l'air le plus dégagé possible, glisse deux billets de cinquante euros dans sa main, il a juste le temps de suivre ses pensées en désordre… Mais non, je ne fais rien de mal. En un éclair, il revoit les poupées qu'il piquait à sa sœur, il voulait jouer avec, mais ça va pas la tête ! T'es pas une fille, et voilà une taloche bien méritée. À présent, il fait ce qu'il veut.

« Vous êtes dans la 12, au bout du couloir. » Raphaël pénètre dans la chambre aux murs framboise trop écrasée. Lumières tamisées, douce odeur de lilas. Il est aussitôt assailli par un désir violent qui mitraille ses souvenirs. Le matelas est posé à même le sol et, allongée dessus, sa Natacha. Les jambes écartées, une main posée sur son sexe imberbe, elle suce son pouce en lui faisant les yeux doux. Ses courbes parfaites, ses nattes blondes. Raphaël prend à peine le temps de détailler la bouche ronde et humide, les ongles fuchsia et les seins qui dardent fièrement. Il bande comme un fou. Sans perdre un instant, il ouvre sa braguette et son pantalon transformé en accordéon tombe sur ses pieds. Son sexe fier jaillit de son caleçon en brandissant ses étendards. Ne pas trop la regarder, il sait qu'un détail pourrait lui faire rendre les armes. Vite, il s'accroupit au-dessus de sa proie et doucement enlève le pouce de la bouche en silicone pour y glisser son sexe. Il s'enfonce dans ce trou lubrifié et gémit de plaisir. Il serre la tête blonde et se branle en donnant vie à cette putain de poupée. Il l'étouffe en entrant très loin dans ce trou glissant. Elle hoche la tête au rythme des coups de reins, et Raphaël au comble de l'excitation la pétrit comme un être de chair. Il arrive à se persuader qu'elle s'est retournée toute seule. En fermant les yeux, il attrape ses fesses douces et pénètre son sexe avec un gémissement. Les parois humides se referment, il se sent pris au piège. Il crie, pour elle aussi, des cris de chatte en colère et des mots d'homme en rut. Il dit des obscénités et le désir lui bloque la respiration. Il halète, suffoque et explose en hurlant. Des millions de spermatozoïdes expulsés dans un tombeau en plastique.

Raphaël n'ose plus bouger, il n'est dupe que de ses rêves, il y a cru pour de faux à sa salope de poupée. C'est un jeu, rien de plus, jouer ce n'est pas tromper. Il se relève rapidement, remet ses habits et ses idées propres. Il n'a plus qu'une envie, déguerpir sans se retourner sur le corps avachi. Il claque la porte, attrape son pardessus et file sans demander son reste.

Sur la pointe des pieds

Depuis ce matin Raphaël a le blues. Hier soir encore, ils se sont disputés. Il accroche son écharpe au portemanteau et s'affale devant son bureau, il n'arrive plus à se rappeler ce qui a déclenché sa fureur. Ça arrive chaque fois sans crier gare, quand tout est trop parfait, quand tout va bien. Ça le détraque. Pour un mot de travers, la situation s'était emballée. Il n'a pas vu venir sa colère, il est encore effaré du surgissement de sa violence. Fuir le bonheur de peur qu'il ne se sauve, c'est sa façon de resquiller.

Il se revoit enfant, éclipsé par ses frères et sœurs, cherchant à tout prix l'approbation de son père ou le regard de sa mère, ce qui n'arrivait jamais. Un parmi d'autres, pas le pire, mais le plus quelconque. Quand on naît moyen, se hisser hors de la masse demande tant de volonté. Il avait pourtant essayé, à chaque fois il se dressait sur la pointe des pieds, vers ses étoiles. Pour retomber toujours plus bas, et redevenir l'enfant de trop, celui qu'on évite, celui qu'on regrette d'avoir mis au monde.

Il lui a fallu du courage pour tout. Ses dépressions

n'existaient pas puisqu'il n'y a jamais eu personne pour les déceler. Alors il se composait un personnage pour oublier qu'il comptait si peu. Il trouvait la force de quitter ses cauchemars et marchait seul vers la tristesse sans nom de son lycée provincial. Pour dépasser ses angoisses, il devait fournir des efforts surhumains. Son unique moment de répit, c'était avant de s'endormir, quand il sortait son cahier et griffonnait des mots libérateurs qui lui permettaient de s'évader. Il écrirait plus tard, oui c'est ça, quand il serait grand, enfin sorti du bagne de son enfance, il serait écrivain. Et il s'endormait la plume collée contre la joue, comme un doudou pointu rempli d'encre noire.

Entre deux articles à boucler d'urgence, Raphaël fume nerveusement pour déloger tout ce qui lui reste en travers de la gorge. Il sort de son sac à dos la suite des écrits de Camille. Elle y va fort en ce moment, elle devient un peu folle.

Il s'est mis en tête de trouver le sens profond de ce qu'elle griffonne sans réfléchir. D'ailleurs, l'idée d'une continuité par-delà les cycles de la vie, personne ne peut en parler mieux que lui. Elle l'a juste attrapée la première, les idées sont dans l'air, c'est bien connu. D'accord, elle a été plus rapide, mais il faut dire qu'elle n'a que ça à faire. La seule chose qu'il désire, c'est que ce livre ne reste pas à l'état d'ébauche. Il saura mieux qu'elle donner une voix et une âme au récit qu'il a sous les yeux. Il faudra ajouter ici ou là quelques passages, à son insu. Il se penche sur le cahier pour s'immiscer dans la croisière, auprès d'Odette.

Odette, 1913

Le roulis du paquebot lui donne des haut-le-cœur. Raphaël tangue un instant avant d'apercevoir l'exquise jeune fille qui avance d'un pas vif sur la poupe de l'immense navire. Il se faufile près de la frêle silhouette.

Odette tient son chapeau enfoncé sur la tête, tandis que ses boucles brunes s'agitent au rythme de sa démarche légère. Ses yeux noirs légèrement bridés farfouillent dans tous les sens. Deux jours déjà, et elle ne l'a pas revu. Celui qui l'a sauvé de sa vie monotone. François… Sans le savoir, ce garçon a allumé sous chaque pore de sa peau des milliers de feux de joie. Odette, depuis ce vendredi béni, sent son ventre fourmiller et ses pensées divaguer. Son pouls déraille et son corps est irrigué d'un sang neuf qui fait battre son cœur plus vite.

Elle attendait ce bousculement depuis longtemps déjà. Quand elle était enfant, sa maman lui parlait souvent de l'Amour et lui racontait des histoires de princes charmants avec des trémolos dans la voix. Dès qu'elle fut en âge de les lire, Henriette lui fit découvrir les romans débordants de passion de Charlotte Brontë, *Jane Eyre* et *Les Hauts de Hurlevent*. Odette rêvait d'amour, elle n'était sur terre que pour aimer, aimer, aimer, tomber en amour. Jusqu'à en mourir. Les rapports distanciés et respectueux que ses parents avaient l'un envers l'autre étaient à mille lieues de cet amour fou qu'elle espérait plus que tout, et dont sa mère l'avait abreuvée.

Odette rêvait d'un baiser sur la bouche comme elle avait vu sur les cartes postales. Elle ne pensait qu'à ce moment où ses lèvres s'ouvriraient enfin pour… Oh mon Dieu, elle ne saurait jamais comment faire ! Y avait-il d'autres jeunes filles aussi embarrassées qu'elle devant cette épreuve qu'elle redoutait autant qu'elle la désirait ? Elle n'osait en parler ni à ses sœurs, ni à ses amies, et dans aucun livre on ne trouvait l'explication de ce qui se passait une fois que les lèvres étaient collées l'une à l'autre. Ce mystère l'empêchait de dormir. Elle se consolait en se persuadant que cet autre qui existait déjà quelque part saurait l'initier à ce rituel inconnu.

Depuis qu'elle avait rencontré ce garçon qui avait été créé rien que pour elle, elle débordait d'un enthousiasme si puissant qu'il englobait le monde entier. Ses jours n'étaient voués qu'à cette attente, aucun autre espoir ne valait le coup.

Ces pensées brûlantes l'accompagnaient tandis qu'elle faisait les cent pas. Elle avait bien compris, au ton légèrement méprisant de sa mère, que ce jeune homme n'était pas de leur rang. Odette en avait conclu qu'il devait se trouver à l'étage en dessous, celui des « deuxième classe ». Alors, en catimini, elle s'y aventurait. La situation n'en était que plus romantique, elle se sentait prête à tout quitter pour le suivre. Son existence bourgeoise, les beaux habits, les poupées en porcelaine, les cols en dentelle, les promenades au parc, les chocolats chauds, les baignades à Paramé et les cabines de plage, elle laisserait tout sans regrets. Même le sapin de Noël avec tous les cadeaux alignés à ses pieds.

Odette avait tant prié pour que François la retrouve, elle promettait à Dieu de tout sacrifier pour qu'il la mette sur son chemin. Elle chuchota du bout des lèvres le poème qu'elle avait écrit le matin :

Mon Dieu, que vous existiez ou pas,
Permettez-moi de croiser François
Une fois encore, juste une fois.
Le revoir serait ma plus grande joie
Mon cœur en croisade pour entendre sa voix
Une fois encore, juste une fois. Sans lui le soleil est morne et mon âme se noie
Mes mains en prière, je croise mes doigts. Je vous supplie, encore une fois, juste une fois.

Odette savait bien que cette petite prière était un peu blasphématoire. On ne parle pas comme ça à Dieu. Mais elle la récitait en boucle pour garder l'espoir de retrouver celui à qui elle voulait consacrer sa vie. Et qu'elle ne retrouvera jamais.

Raphaël allume une cigarette. Rien à ajouter à ce passage qui n'a réussi qu'à lui donner le tournis. C'est quoi, toutes ces considérations sur l'amour ? Elles sont d'un suranné ! D'ailleurs, est-ce que ses filles à lui ont déjà embrassé quelqu'un ? Cette idée le dégoûte, il tourne la page.

Jeanne à son journal

À quoi ça sert, l'amour ? Tu sais, toi ? Je vais tout faire pour ne pas tomber amoureuse, ça rend bête. Louise, elle l'est tout le temps, amoureuse je veux dire, enfin bête aussi ! De tout ce qui passe, filles ou garçons, son prof de guitare, le frère de sa copine Hortense, et maintenant la chanteuse Angèle. Elle a mis ses photos partout dans sa chambre, elle lui écrit des lettres qu'elle lui envoie en Belgique et qui sont d'un niais ! Tu te rends compte, elle essaie tellement de la copier qu'elle s'est coupé une frange comme elle... Moi, la seule à qui je veux ressembler, c'est maman. D'ailleurs, on a les mêmes cheveux, aussi blonds, sauf que les miens sont plus longs, ils m'arrivent au milieu du dos, ça me rend trop fière ! Mais je te disais quoi ? Ah oui, ma sœur, j'ai l'impression qu'elle va passer sa vie à la rêver. Beaucoup sont comme elle, et ne veulent jamais savoir comment c'est en vrai. Ils vivent avec quelqu'un toute leur vie pour au bout du compte réaliser qu'ils se sont trompés. Ou qu'ils ont été trompés. Ils n'ont rien vu, ça s'appelle un déni, et je crains bien que maman soit en plein là-dedans. Elle a l'air d'oublier tout, de ne pas se rendre compte. Moi et Louise évidemment elle ne nous oublie pas, je sais que même si en ce moment sa tête est occupée ailleurs, qu'elle ne pense qu'à son livre, elle nous retrouvera toujours. Mais papa est un peu bizarre, je sens qu'il est à l'affût, il guette un truc. Je ne sais pas comment l'expliquer, mais bon c'est louche quand même.

Moi, quand je serai grande, je crois que j'aurai pas d'enfants. Je préfère être libre, réussir à faire ce que je veux, quand je veux. Pouvoir danser dans le monde entier. Aller partout, rencontrer plein de gens différents.

Quand mes cheveux sont tirés dans un chignon serré, quand mon chausson frappe le plancher, quand les rideaux s'ouvrent et que mes jambes se réfugient dans la musique, tout ça résonne fort en moi. Je me sens la reine du monde. Je m'élance, je vole, je suis les notes, je suis un oiseau, je suis l'air, je n'ai plus de limites, plus d'hésitations. Pour de vrai, c'est ma raison de vivre. J'oublie que j'ai un corps et pourtant je suis dedans plus que jamais. Comme les dauphins dans la mer, ils doivent être dans cette harmonie. Oui, c'est ça que je veux, de l'harmonie. Les pieds qui suivent les notes et la tête qui chavire. Danser toujours, atteindre mes rêves, c'est ma façon d'être amoureuse. D'aimer. Dans la vie, à part mes parents, j'ai deux passions. Danser, et nager.

Tiens, je vais faire la liste de ce que j'aime, c'est bien les listes, pour ne pas oublier. Si je disparais, au moins on aura la trace de ce qui m'a donné envie de vivre.

Moi, Jeanne, douze ans, saine d'esprit et de corps, je suis sur cette terre la conséquence d'un heureux hasard. Une *serendipity* en anglais. Sur les cinq cents millions de « supermatozoïdes » (comme je disais quand j'étais petite) que papa a balancés ce jour-là, il a suffi d'un seul, plus fort que les autres, qui a réussi à franchir la coque de l'ovule de maman pour s'y engouffrer. Et hop, neuf mois plus tard, me voilà. Après, c'est une question de chromosomes en plus et là, ça sera une fille ! On ne voit rien au début et puis le ventre grossit, grossit ! C'est fou quand on y pense. J'aime bien voir une femme enceinte, elle a au fond des yeux tout ce que son ventre trimballe. Mon grand-père, il sait deviner dans le regard si quelqu'un attend un bébé. Il m'a appris à voir cette petite lueur magique dans le fond de l'iris. On peut tout déceler dans les yeux, c'est comme les océans qui changent souvent d'humeur au gré du vent.

En SVT, on étudie le vivant et son évolution, et hier, la prof nous a appris un truc incroyable : quand une maman est enceinte, son fœtus a déjà dans ses ovaires les mêmes ovules qui lui permettront plus tard de faire un bébé ! Enfin ça marche que pour les filles bien sûr ! Donc j'ai compris un truc bizarre, c'est que moi, j'ai été un peu dans le ventre de ma grand-mère quand elle attendait maman, puisque j'existais déjà à l'intérieur de maman. Dans son minuscule, minuscule embryon de ventre. Je sais, c'est dur à imaginer. Je viens de très loin ! Un peu comme les poupées russes, tu vois ?

Bon je dis… vague ! J'étais partie pour noter les choses que j'aime, qui sont le sel de la vie, tout ce qui vaut le coup, ce qu'il ne faut pas oublier et là, j'ai fait un de ces détours !

Voilà ma liste dans le désordre, comme ma chambre : une baleine qui jongle avec ses enfants, des fraises dans un potager, un pommier avec une échelle pour cueillir ses fruits, un cerisier en fleur, mon chat qui ronronne, le parfum de maman, son sourire, ses mains si douces, l'escalope panée de ma grand-mère, la barbe de papa qui pique, l'odeur des algues, le goût des vacances et de leurs Gui-Gui, un tutu tout neuf, les nuages qui prennent des formes et qu'on observe allongée sur l'herbe, entre terre et paradis. Et puis l'océan quand il se tord, s'élève et se fracasse, avec la musique des vagues qui explosent sur le sable. Coller un coquillage contre mon oreille pour écouter la mer.

Et aussi, mon doigt dans un pot de Nutella tout neuf, un bain chaud, les étoiles de mer, celles du ciel, les galettes des rois. Faire du shopping avec maman, l'écouter chanter, ma grand-mère qui me raconte qu'elle a été jeune, arroser les pots de fleurs sur la tombe de mon arrière-grand-mère… ce qui a un rapport avec l'air. Respirer ! J'adore sentir l'air qui m'embrasse ou qui me fait chavirer, voir les branches se plier et les voiles se gonfler.

Et regarder le vent.

Sans oublier les chiens, les chats, les souris, les oiseaux, les poissons, les lapins, les bêtes à bon Dieu et tous les animaux qu'il a fabriqués, celui-là ! Les pieuvres et les méduses aussi, c'est beau… Mais en vrai, c'est pas marrant, je sens toujours une menace au-dessus de moi, et je me demande si tout ça, tout ce que j'aime plus que tout, ça va pas être enseveli par la bêtise des grands. C'est complètement fou, on dirait que personne ne réagit alors que la Terre brûle et que les animaux meurent. Ça me fiche une de ces trouilles, parfois je n'arrive pas à dormir. Il faudrait construire une nouvelle arche de Noé. Mais pour aller où si même les océans disparaissent un jour ?

Bon, je préfère pas y penser, je vais faire comme si… Comme si tout allait continuer. Et là, hors concours, par-dessus tout, ce que je veux toujours faire, c'est la danse, danser jusqu'au bout de ma vie… Danser comme d'autres rient, ne faire que danser sur les pointes tout en haut. Danser pour me faufiler dans les cieux. « Je considère comme gaspillée toute journée où je n'ai pas dansé », j'adore cette phrase. Plus tard, c'est sûr, je ne vais faire que danser pour surtout pas me gaspiller !

Manque de mère

Je marche tout seul le long de la ligne de chemin de fer
Dans ma tête y'a rien à faire
Je suis mal en campagne et mal en ville
Peut-être un petit peu trop fragile
Allô maman bobo...

On en revient toujours à elle. Qu'elle fût absente, violente ou trop présente, on se retourne toujours vers sa mère quand on a mal, quand on souffre et quand on meurt. Elle est au début comme à la fin, elle nous donne la vie, et la mort avec.

Ô l'amour d'une mère ! amour que nul n'oublie !
Chacun en a sa part, et tous l'ont tout entier !

Raphaël, lui, n'a pas eu sa part, il la quémande sans cesse, sa mère est morte depuis longtemps et ne lui a jamais fait le moindre signe. De son vivant non plus. Il n'a jamais pu s'y résigner. Et pour se construire sur ce manque fondamental, il faut bien plus qu'une vie. Avant de pousser la porte de l'hôtel, Raphaël regarde une fois encore le ciel. On ne sait jamais.

Une douleur familière lui tord le ventre, il a rendez-vous avec sa grande sœur, l'aînée. Encore et toujours cette même douleur. Il est à jamais orphelin d'un amour dont il a dû faire le deuil. Comme chaque fois qu'il retrouve un membre de sa famille, il replonge en apnée dans toutes ces années d'enfance meurtrie. Cette solitude dans les cours de récré, à la cantine, et dans son lit chaque soir. Tenter de fuir son passé, les coins noirs et les gifles claquantes qui à la moindre occasion scandaient les jours d'un air sec qu'aucun souffle ne pouvait adoucir. Une enfance en peau de chagrin qui lui colle aux pas. Qui précède ses agissements et explique sa violence. Mais qui ne suffira jamais à les justifier.

Quand on lui parle d'enfances joyeuses et tendres, il s'empêche de regarder par ce trou de serrure qui ne s'est jamais refermé pour ne pas dégringoler encore plus bas, toujours plus bas. *Est-ce que cette chute ne finirait jamais* ? Se pencher sur ce passé, c'était comme tomber du sixième étage. À l'inverse d'Alice et de ses merveilles, lui s'effondrerait dans des eaux profondes.

Il repense à cette enfant filmée pour la télé, le corps enlisé dans une coulée de boue à la suite de l'éruption d'un volcan. Cette mort en direct l'avait profondément marqué. Raphaël s'était retrouvé dans ce regard apeuré, dans cette désolation sans recours. Cette petite fille à peine plus âgée que lui et qu'il aurait tant voulu sauver était un peu son double. Son martyre avait duré des jours, pour finir ensevelie sous les yeux du monde entier. Personne n'avait rien pu faire. Raphaël était révolté devant l'impuissance des grands. Il se souvient encore de son nom, Omayra Sánchez, c'était il y a longtemps pourtant.

Sa sœur est déjà arrivée. « Je suis heureux de te voir, Suzanne, tu as l'air en forme ! » Elle sourit timidement, il s'assied en face d'elle et enlève son écharpe. « Moi, depuis le retour des vacances, j'étouffe à nouveau, ça me reprend toujours à la rentrée, j'ai l'impression de perdre mon souffle, tout se bloque, je me tiens un peu plus voûté, comme les vieux. Et puis je commence à perdre mes cheveux, ça y est ! Remarque, je me suis toujours senti proche des arbres, eux ils perdent leurs feuilles en octobre, non ? » Rire pour ne pas sombrer.

Suzanne est face à lui, ratatinée dans un fauteuil disproportionné, les jambes serrées. Raphaël se demande pourquoi il lui donne toujours rendez-vous dans cet hôtel bien trop luxueux. Il se doute pourtant qu'elle déteste pousser la porte tournante sous l'œil inquisiteur des grooms, des bagagistes et des chasseurs. Elle doit penser qu'ils la jaugent, alors qu'ils la regardent à peine et remettent leurs gants blancs pour se précipiter vers ceux qui arrivent derrière elle, les nantis chargés de valises et d'assurance.

À cinquante-cinq ans, Suzanne est encore une jolie femme, qu'il vaut mieux pourtant ne pas regarder de trop près. Ses yeux sombres plongent dans de petits plis bordés de cernes qui ressemblent à des hamacs posés là pour bercer la fatigue des nuits trop courtes. Les yeux sont le miroir de l'âme, et son âme est vieille.

Elle l'écoute attentivement parler de ses filles en opinant de la tête. Ce mouvement régulier rappelle à Raphaël, allez savoir pourquoi, le balancier de l'horloge en bois qui rythmait les journées chez sa grand-mère. La limonade, le pain sec où l'on enfournait un carré de chocolat noir. La grande pendule sonnait alors quatre coups pour témoigner de ce goûter joyeux. Dans la cuisine aux murs délavés, mémé trônait dans son fauteuil comme une reine, avec ses yeux myosotis et ses cheveux argent encadrant son visage qu'elle dodelinait comme le font les chiens miniatures sur la plage arrière des voitures. À force de rester toujours assise au même endroit, elle ne faisait plus qu'un avec le fauteuil.

Il se retrouve dans cette bicoque au parfum de pomme. Ses seuls souvenirs d'enfance joyeuse. L'odeur du foin coupé, les œufs tout chauds retirés du cul des poules, les mirabelles qui dégringolaient dans le verger, les courses effrénées dans la cour, le facteur qui apportait le courrier et les cancans, le lait trop gras avec sa peau plissée, les portes qui grinçaient au moindre courant d'air, le bidet qui le dégoûtait, la foudre qui passait par les fils du téléphone, les pneus des vélos toujours crevés, les visites où il fallait bien se tenir, les vaches fatiguées dans les prés ondulés, le coq qui hurlait pour l'empêcher de trop rêver, les étoiles partout dans le ciel, la vaisselle à terminer, les draps rêches et humides comme les baisers de cette grand-mère.

C'est dans cette cuisine qu'il avait compris, à l'instant précis où il avalait son quatre-heures, que tout ce qui existait était relié. Les bulles de sa limonade qui explosaient sous son palais, les heures scandées par l'horloge détraquée, et sa grand-mère installée près de la cheminée qui tricotait en hochant la tête comme pour égrener un chapelet dans la paix du temps qui passe. Dehors le paysage résonnait à la même cadence, les blés ondulaient, les vaches broutaient, les poules pondaient et les chemins se croisaient, unis par une même vibration. Tout est là, entremêlé, le monde entier a un sens commun, et chaque seconde retentit de notre éternité.

Raphaël fait une pause pour boire son verre de whisky. Il se demande pourquoi sa sœur lève les yeux au ciel. Cela lui rappelle le temps où elle ne pouvait plus supporter ses frères et sœurs, tous ces mioches qui polluaient sa vie et empoisonnaient celles de leurs parents. Elle venait d'avoir quinze ans quand il est né. Tu parles d'un cadeau d'anniversaire, elle aurait sûrement préféré un Solex ou un tee-shirt. D'ailleurs, Suzanne n'a pas eu d'enfants. Ce fut son choix.

Les vapeurs de l'alcool allègent le vague à l'âme de Raphaël. Il bifurque sans y prendre garde sur le seul sujet qui le préoccupe vraiment. Rassuré par l'écoute bienveillante de Suzanne, il retrouve son bagout. Il peut enfin parler du livre. Un livre qui n'est déjà plus celui de sa femme, elle ne l'aurait jamais écrit si elle ne l'avait pas rencontré. C'est lui l'écrivain, n'est-il pas une des belles plumes du *Monde* ? Camille serait incapable de faire quoi que ce soit sans lui, elle n'existe qu'à travers lui. À cette idée, un hoquet nerveux l'étouffe à moitié, il essuie ses lèvres d'un revers de main.

« Tu sais que je suis en train d'écrire un roman ? Je voulais que tu le saches en premier, toi à qui je parlais toujours du prix Goncourt que je recevrais un jour ! » Enfant, combien de fois n'avait-il pas dit à sa sœur qu'il irait au bout de ses rêves, qu'il ne serait jamais un raté comme leur père ?

Il s'est recroquevillé sur lui-même. Puis il se relève et continue sur sa lancée, gagné par l'émotion, s'agitant dans tous les sens comme pour en trouver un. Ce sens qu'il cherche depuis si longtemps.

Sa sœur l'écoute en passant ses doigts sur ses cheveux raides comme pour les lisser davantage. Raphaël se tait un instant et la dévisage. Il se souvient qu'elle lui avait confié avoir toujours envié ses yeux bleus, comme une porte ouverte sur le ciel. C'est vrai qu'enfant, avec ses boucles blondes, il était plus joli qu'elle. Et lui seul avait au-dessus de la lèvre supérieure ce sillon parfait qu'on appelle l'empreinte de l'ange. Sa grand-mère lui avait expliqué qu'un ange gardien avait déposé son index sur sa lèvre quand il venait de naître, afin qu'il taise les secrets liés à sa vie antérieure. Chut ! Il y a tant de choses qu'on ne doit pas savoir.

Raphaël reprend ses esprits pour raconter à Suzanne les mystères de ces transmissions qui sont au cœur de *son* livre. Suzanne le coupe : « Tu ne dois pas parler trop fort des choses qu'il ne faut pas dévoiler. Certains mystères doivent rester dans l'obscurité au risque de tout faire exploser. »

Brusque bourrasque

Pour rentrer chez lui, Raphaël traverse les Tuileries. Avoir confié plus qu'il ne l'aurait voulu à sa sœur aînée l'a réconforté. Être écouté permet d'ordonner ses idées. Il marche à pas lents dans le jardin si calme. La nuit commence à tomber, il s'arrête un moment devant un bassin rond qui luit dans l'obscurité. Un enfant qui semble avoir été oublié y pose un voilier qu'il pousse au loin à l'aide d'un bâton. La maquette fend la pièce d'eau, et Raphaël applaudit les voiles blanches qui emportent l'embarcation sur une ligne parfaite. Le bassin est tranché en plein milieu. La lune sort de son silence pour s'y refléter, le sourire du petit garçon explose de fierté. Un instant suspendu au bruissement des feuilles qui soudain s'intensifie. Sans prévenir, une bourrasque s'engouffre dans le foc et le mât penche dangereusement sous les cris effarés de l'enfant. Une seconde pour que tout chavire. Le bateau coule au beau milieu du bassin, l'enfant trépigne de voir son rêve englouti. Raphaël accélère le pas pour fuir un désespoir qu'il reconnaît trop bien. Les pleurs du petit moussaillon lui parviennent en écho.

Juste avant de sortir du jardin, il s'approche de la

sculpture d'une naïade posée les quatre fers en l'air. Elle semble réclamer son aide. Il caresse la femme en bronze et s'imagine sculptant des formes plantureuses dans un atelier empli de stèles et de chevalets, un modèle nu allongé sur le sol. La statue le regarde s'éloigner, il la quitte à regret.

Guilleret, il dépose son imper sur le banc de l'entrée. Son arrivée n'a pas l'air d'épater grand monde ! Ses filles avachies ne lèvent pas les yeux de leurs ordis, même pas un chien pour lui sauter dessus. « Où est maman ? » demande-t-il. En enlevant ses boots, il remarque sa chaussette trouée. « Elle doit être en train d'écrire… pour changer ! »

Il pousse la porte du sanctuaire de sa femme, elle sursaute et se retourne, un stylo dans la bouche. Si belle, avec ses yeux qui brillent et ses cheveux en bataille. Il est surpris par cet assaut de tendresse qui s'empare de lui. Il ne lui dira pas qu'il a vu sa sœur, ni qu'il a assisté à un naufrage. Il ne lui dira pas qu'il est sculpteur, qu'il est acteur, qu'il est écrivain. Il ne lui dit rien. Ni qui il est, ni ce qu'il voudrait être.

Il prend sa respiration pour lui susurrer dans l'oreille les mots qu'elle veut entendre. Des mots doux. Ils s'aiment douloureusement. Sans savoir trop s'y prendre. Ils sont à la merci d'un coup de vent brusque qui fera tout chavirer sans prévenir. Il repense au petit garçon qu'il a laissé face à son chagrin sans chercher à l'aider. Cet enfant aux Tuileries, c'était lui.

Dans belle lurette

Camille laisse filer l'encre bleue, la seule chose qui file droit dans sa vie. Une plume, une trace. Elle veut croire qu'un jour lointain, quelqu'un tombera sur son cahier et frissonnera devant cette mémoire retrouvée.

Les mots se bousculent dans sa tête. De peur qu'ils ne s'échappent, elle pose son stylo et pianote à toute vitesse sur le clavier : « Penser que nos enfants, qui sont tout pour nous, vont un jour donner vie à nos petits-enfants, lesquels s'encastreront dans ce tout et, à leur tour, mettront au monde un bout de ce tout. Et peu à peu ce tout se dissoudra, se floutera, s'engourdira dans le temps et nos liens se distendront en même temps que nous rétrécirons. On s'efface en laissant si peu de traces. Sur les photos, on reconnaît à peine nos arrière-grands-parents, les souvenirs s'estompent au-delà de la troisième génération. Il faut accepter ce lent désintérêt auquel nous sommes condamnés, s'habituer à disparaître. Il faut consentir à devenir une obligation, un devoir, oh zut je vais me faire gronder, j'ai oublié de lui téléphoner, d'aller déjeuner chez elle. On perd le premier rôle, tout s'inverse, ceux pour qui on s'inquiétait tant deviennent ceux qui s'inquiètent pour nous, petit à petit on dégringole. Les nouvelles générations s'installent à nos places. C'est comme ça, les saisons passent, et nous avec.

On se retourne toujours trop tard, les secrets sont enfouis, la vie déjà partie en fumée. Nos visages se perdront-ils dans les photos non sauvegardées ? Que restera-t-il de nous dans cent ans à peine ? Une curiosité, un intérêt vite dissipé. Si d'ici là tout n'est pas brûlé, détruit en même temps que notre planète, nos descendants liront-ils un jour ces mots qui décrivent des vies qui coulent encore dans leurs veines ? S'interrogeront-ils sur ce passé qui leur a permis d'exister ?

Comment seront-ils, nos enfants du futur ? Des robots, des humanoïdes ? Que deviendront les liens du sang quand nos pauvres organes seront régis par des algorithmes plus intelligents, plus performants que l'être humain ? Peut-être qu'un jour, tout sera automatiquement intégré à notre ADN, géré par une sorte de *cloud* où nous entasserons nos savoirs et déposerons nos souvenirs.

Demain, vivrons-nous confinés dans des espaces virtuels pour échapper à un monde saccagé ? Parfois je le crains, à d'autres moments, je me plais à rêver. J'aimerais tant que ce qu'on appelle le métavers nous permette de retourner dans les siècles précédents. J'aurais la possibilité de rencontrer les avatars de mes aïeules, de reconstituer les lieux où elles ont vécu. M'arrêter un instant pour m'extasier sur le visage de ma mère quand elle était enfant. Voir ma grand-mère penchée sur un ouvrage, ses doigts agiles brodant des pâquerettes en joie. Reprendre une discussion à bâtons rompus avec Henriette, reconnaître sa voix aiguë et effleurer sa main.

Rire avec elles, peut-être aussi pleurer. Ressentir un sentiment de présence et d'interaction en temps réel. Je m'imagine retranchée derrière un casque les voir papoter et se chipoter entre avatars. Presque en chair et en os. On arrive bien à retrouver les couleurs des films tournés en noir et blanc il y a plus d'un siècle, à partir des fréquences émises par les différentes tonalités de gris. Alors, pourquoi la rencontre avec le double numérique de nos ancêtres ne serait qu'une utopie ? »

Odette, 1916-1918

Quand son mari fut mobilisé deux ans après le début de la guerre, Henriette décida de quitter Narbonne. Avec Odette et Gabriel, elle débarqua chez ses filles aînées qui étaient restées à Paris. Toujours célibataires, les jumelles s'en donnaient à cœur joie, profitant de ces années de guerre pour vivre leur jeunesse comme bon leur semblait. Tout en continuant de prendre des cours de dessin aux Beaux-Arts, elles sortaient tous les soirs et leur jeu favori consistait à séduire un maximum de garçons. Elles se chamaillaient souvent en comptant sur leurs doigts leurs conquêtes, et s'accusaient de tricherie si l'une prétendait avoir un meilleur score que l'autre. À l'idée que leur mère vienne s'installer à nouveau avec elles, elles n'en menaient pas large.

Odette détesta sa nouvelle vie, ne supportant pas de devoir partager à nouveau sa mère avec ses grandes sœurs. Pour Henriette, à l'inverse, ce fut une nouvelle jeunesse. Elle prit vite part aux soirées de ses filles, et s'amusait comme une folle à concourir avec elles. Bien souvent c'était elle qui se distinguait et gagnait. Avec son aplomb et son élégance, elle séduisait à grande échelle.

Même si elle ne s'adonnait qu'à des flirts à peine poussés, se savoir encore désirée à son âge suffisait à lui rendre sa joie de vivre.

Deux fois par semaine, Henriette et ses trois filles se rendaient à la caserne du 17e arrondissement, transformée en hôpital de fortune pour les soldats blessés qui revenaient du front. On leur inculqua le b.a.-ba des premiers soins, et, avec leurs blouses d'infirmière, elles prirent leur rôle très à cœur. Pour elles, ce fut un choc d'être confrontées à la réalité de cette guerre. Odette ne supportait pas l'odeur de mort qui régnait dans la grande salle. Au début, elle respirait par la bouche et détournait les yeux pour ne pas voir les corps mutilés. Avec le temps, elle s'y habitua, comme on s'habitue à tout.

Toutes quatre finirent par aller à l'hôpital très régulièrement. Et le soir, elles sortaient pour tenter d'oublier les horreurs qu'elles y avaient vues. Deux ans passèrent ainsi, entre devoir et badinages. Et toujours si peu de nouvelles de leur père.

Ce matin d'automne, Odette avait failli s'étaler de tout son long sur le trottoir gelé. Depuis plusieurs semaines, une rumeur se propageait : « Enfin on va voir le bout de cette sale guerre. » Le temps sinistre et gris contrastait avec l'espoir d'une paix qui éclairait son cœur. Elle courut vers la caserne pour évoquer l'armistice avec un des blessés qu'elle y soignait. Il s'appelait Lucien et elle s'était attachée à lui. Elle traversa le grand hall délabré devenu familier. Lucien l'attendait, de toute façon il n'avait rien d'autre à faire. Un turban cachait ses cheveux, l'obus éclaté près de lui avait arraché la peau du crâne, provoquant dans son cerveau de terribles lésions qu'on découvrirait trop tard. Avant d'être mobilisé, il faisait des études de médecine. Lui qui voulait soigner les autres se sentait désormais inutile. Ce garçon au regard doux lui rappelait François, qu'elle avait toujours gardé au fond de son cœur.

Odette avait tout juste dix-huit ans ce jour-là et, avec cette fichue guerre, tout le monde avait oublié de lui souhaiter son anniversaire. Même sa mère ! Le seul qui s'en souvint, ce fut ce jeune blessé. Il lui avait tendu une jolie carte avec un dessin la représentant. Émue, elle s'assit près de son lit et se pencha pour lui raconter les dernières nouvelles. Il se rapprocha pour sentir son haleine fraîche et effleura sa main. Il lui souffla à l'oreille que son parfum était son seul réconfort.

« J'ai le droit de sortir, annonça-t-il, le médecin m'a trouvé mieux. Si nous allions faire une balade ? » En attendant qu'il se prépare, le cœur d'Odette battait fort.

Dehors, les pavés étaient glissants, elle enlaça la taille de son ami pour le soutenir. Paris lui semblait soudain plus joli. Ils marchaient à petits pas, si lentement qu'elle découvrit des jardins et des statues qu'elle n'avait jamais remarqués. Tout se métamorphose et s'intensifie quand on ne se sent plus seul. On découvre avec les yeux de l'autre. Nos sensations, notre vie même changent de couleur.

Il fut vite fatigué et lui proposa de grignoter quelque chose dans ce bistrot juste à côté qu'il lui désigna du doigt. Après leur avoir apporté un croque-monsieur, une nouveauté qu'Odette ne connaissait pas mais qui s'avéra un délice, la patronne leur parla de son fils qui allait enfin rentrer, il était vivant Dieu soit loué, mon petit dernier. Des larmes, un verre d'eau-de-vie et elle s'était assise à leur table pour partager son émotion. « Vous êtes si beaux, mais vous, mon pauvre petit, vous semblez épuisé. Vous devriez vous reposer. Vous savez, les chambres de mon auberge sont désespérément vides. Plus aucun client depuis toutes ces années. » Elle alla chercher une clé qu'elle posa d'office sur la table. « La chambre 19, il n'y a qu'un étage à monter et une belle vue sur le Sacré-Cœur. Ne faites pas cette tête, c'est cadeau ! C'est mon plaisir. Vous pourriez être mon fils, vous savez. »

Sans un mot, ils se sont assis sur le lit. Ils contemplèrent par la fenêtre le ciel qui s'assombrissait. Puis il s'éloigna d'Odette pour mieux la regarder. Dans ses yeux, elle vit tout de lui. Son amour, son désir et sa mort aussi. Elle en eut le souffle coupé. Il se mit à genoux pour lui délacer ses bottillons, retira ses bas et embrassa ses pieds. Elle le désirait jusqu'au bout de sa vie qui commençait enfin. Quand il pénétra son corps, cela lui fit un peu mal, mais très vite le plaisir prit toute la place. Elle ne voulait plus qu'il la quitte. Qu'il reste en elle pour l'éternité, plus rien d'autre n'existait. Odette enroula ses jambes autour de lui pour l'empêcher de partir. Faites que le temps s'arrête, s'il vous plaît.

La nuit tombait quand elle le raccompagna, ils grelottaient et n'avaient plus la force de parler. Au moment de le quitter, elle fut prise d'un odieux pressentiment.

Odette, 1918

Quelques jours après, ses sœurs embarquèrent Odette pour une sauterie qu'il n'était pas question de manquer. Elles battaient des mains leur joie d'y avoir été conviées. Ne fais pas ton enquiquineuse, et va donc te préparer !

Odette s'amusa beaucoup à cette soirée où pourtant elle rechignait à aller. Couverte de compliments, elle découvrit le pouvoir de la séduction. Les jumelles étaient à la fois fières et jalouses de leur petite sœur qui minaudait, entourée de soupirants. Au milieu de tout ce monde, les oreilles emplies de belles phrases et de musique joyeuse, Odette oubliait la guerre et ses tourments. Tout en pensant à la prochaine fois où elle verrait Lucien, elle remarqua un grand garçon en uniforme bardé de décorations qui rôdait autour d'elle sans oser l'accoster. Avec sa cicatrice sur la joue et ses yeux verts, il avait l'air perdu dans ce salon doré. Comme elle était pompette, elle l'accosta pour le féliciter de s'être battu pour son pays, s'étonnant de son propre culot. « Odette, quel ravissant prénom. Je me présente, Charles Verrière. Pourra-t-on se revoir ? » Un baisemain à peine effleuré et ce fut déjà l'heure de rentrer. « Pour une fois que je m'amuse, vous êtes des rabat-joie. » Dans la voiture, Odette chantonna. Se sentir jeune et jolie, cela lui faisait tourner la tête.

L'armistice fut signé ce 11 novembre. Henriette hurlait par la fenêtre, ses filles et Gabriel chantaient en faisant une ronde, renversant tout dans le petit salon. Puis ils sortirent dans la rue pour partager leur joie. Ils se joignirent à la foule en liesse qui brandissait des drapeaux et se laissèrent porter par cette déferlante jusqu'à la Concorde. Les cloches de toutes les églises carillonnaient. On aurait dit une résurrection.

Son père allait revenir d'un jour à l'autre, la vie normale pourrait reprendre. Mais c'était compter sans l'énorme fléau qui dans quelques mois allait envahir la planète. La grippe espagnole commençait ses ravages, mais personne ne s'en préoccupait encore. Quelle importance face à ce qu'ils venaient de traverser ? Un matin de décembre, Odette arriva à la caserne pour visiter son amoureux. On lui interdit d'entrer. L'épidémie de grippe s'était faufilée dans l'hôpital, impossible de voir Lucien.

Peu de jours après, Charles Verrière passa voir Odette et ses sœurs pour faire le joli cœur et leur lire des poèmes. Toutes trois se pâmèrent, et Henriette les rejoignit avec un air coquin, émoustillée par ce beau garçon qui avait l'étoffe d'un héros. La veille de Noël, papa rentra enfin. Il avait besoin de parler de tout, sauf de la guerre qui l'avait dévasté. Alors il racontait n'importe quoi pour ne plus penser à toutes les horreurs qu'il avait vécues. Il redécouvrait en son épouse une femme épanouie, l'air de la capitale semblait lui réussir. Pour le réveillon, ils convièrent Charles à partager leur repas. Odette se sentait à la fois heureuse et triste. Oui, ce sont des choses qui arrivent. Heureuse d'avoir retrouvé son père, triste de ne pas avoir revu son amoureux. Elle passa pourtant une jolie soirée où ses rires étouffaient ses larmes. Charles était si drôle !

Le lendemain, Odette retourna une fois encore à la caserne pour tenter de voir Lucien. On lui apprit que tous les blessés avaient été déplacés dans d'autres hôpitaux de Paris ou même en banlieue. « Ah, si vous ne connaissez pas son nom de famille, ma pauvre enfant, autant chercher une aiguille dans une botte de foin. Allez, bonne année quand même ! » Elle essaya par tous les moyens de le retrouver, se rendit à pied ou en métropolitain dans tous les établissements possibles pour en revenir toujours bredouille. Sa mère tenta de l'aider, en demandant des tuyaux à ses connaissances, mais n'aboutit à rien. Odette voulait pourtant garder espoir.

Les soirées auxquelles elle se rendait, toujours chaperonnée par ses sœurs, lui changeaient les idées. Se laisser conter fleurette pour profiter de sa jeunesse. Parfois, elle y croisait Charles qui se montrait de plus en plus pressant. Ses déclarations la faisaient rougir et la flattaient, même si c'était Lucien qu'elle voulait. C'était lui qui hantait ses nuits.

Les semaines passaient, et Odette finit par s'apercevoir que son sang ne coulait plus. Dévastée, entre deux sanglots, elle avoua tout à sa mère. Henriette, qui en avait vu d'autres, se montra très compréhensive. Chaque coup du destin lui évoquait les trois petits coups du théâtre : le rideau allait s'ouvrir et il fallait qu'elle tienne son rôle avec brio. En serrant sa fille dans ses bras, elle ressentit sa souffrance et en fut toute bouleversée. L'amour, elle connaissait, ses conséquences aussi. Elle se souvenait de ces tourments que seules connaissent les femmes et qui détruisent l'âme et le corps.

Cependant Henriette ne faiblit pas, c'était le moment de lui dire. Elle essuya les larmes d'Odette dans son mouchoir en dentelle et lui prit le menton pour la regarder bien en face de son unique œil. « Ma chérie, moi aussi j'ai aimé, moi aussi j'ai souffert. Et je dois t'avouer un secret qui me dévore depuis tant d'années : ton papa n'est pas ton vrai père. J'ai aimé un autre homme autrefois, c'est à lui que tu dois d'être sur terre. » Puis elle leva les yeux au ciel pour faire résonner ses mots dans un profond soupir.

En prenant les mains de sa fille, elle s'empressa d'ajouter d'un timbre chevrotant : « Mon Odette, je ne supporte pas ta peine, elle fait résonner la mienne. » Henriette laissa un instant ses pensées confuses s'éloigner et monta alors sur ses grands chevaux pour ajouter sur un ton tragique : « Mon Dieu, faites que mon enfant ne souffre pas des mêmes entourloupes du destin que moi, mon cœur ne le supporterait pas… »

Odette reçut les confidences de sa mère sans même s'en étonner, comme si elle s'en était toujours douté. Elle semblait s'en fiche comme de l'an 40, le drame qu'elle vivait avec la perte de Lucien et son ventre gonflé éclipsait tout le reste. De toute façon, elle était si malheureuse. Elle resta les bras ballants sans réagir. Henriette se redressa, déçue par le peu de réaction de sa fille, et ajouta d'une voix lasse : « Nous irons voir au plus vite madame Patard, une faiseuse d'anges de bonne réputation. Cela me semble l'unique solution puisque ton Lucien reste introuvable. »

Le jour du rendez-vous avec madame Patard, Odette refusa d'y aller. Malgré les supplications de sa mère, elle avait décidé de garder ce bébé. Pour ne pas perdre son Lucien une seconde fois.

Henriette mit son mari devant le fait accompli. On n'allait pas en faire une montagne, il fallait la marier de toute urgence, voilà tout ! « J'en connais un qui fera parfaitement l'affaire. » Quand Charles vint faire sa demande, Georges regarda avec convoitise la croix de guerre et la médaille militaire qui cliquetaient sur la poche du prétendant. Il poussa un long soupir et accepta sans simagrées de lui donner la main de sa fille.

Le pays du soleil levant

Une virgule qu'il déloge, un adjectif en trop et pourquoi a-t-elle rajouté ces points de suspension… Pour suspendre le temps, pour laisser entendre je ne sais quoi, pour prolonger un silence ? Plongé dans le texte de sa femme, Raphaël s'impatiente et hausse les épaules comme pour se libérer d'un poids. Mais où va-t-elle chercher tout ça ? Parfois, il a l'impression qu'elle s'écoute écrire. Il est à la fois exaspéré et excité d'être plongé dans ces existences emplies d'amour, de doutes et de trahisons. Ce style est trop ou pas assez, Raphaël souligne et efface, il malmène les personnages pour tenter d'en prendre possession. Il veut garder le fil de cette mémoire familiale, mais il doit l'améliorer, la façonner, la rééquilibrer.

Il tombe sur le passage où Camille évoque son arrière-arrière-grand-tante, l'artiste Renée de Vériane. La description de ces menus qu'il connaît pourtant bien lui met l'eau à la bouche, Camille les montre souvent à leurs amis en gloussant. Il faut dire que s'ils sont joliment désuets, ils sont aussi diablement excitants. « Tiens, ça me donne une idée, je vais ajouter un peu de cul à ce chapitre, ça ne fera pas de mal. On reste trop sur sa faim ! J'aurais tant aimé être invité à un de ces dîners aguichants. »

Émoustillé, Raphaël ouvre son Mac en repensant à l'un de ces menus particulièrement coquins. Sans perdre une minute, il commence à taper sur le clavier :

« Vingt-huit, vingt-neuf, trente, Rose compte ses pas jusqu'à la cuisine. Elle compte tout, toujours, c'est son truc à elle. Son kimono galbe son corps et elle marche lentement, perchée sur ses sabots japonais qui la font tanguer avec grâce. Elle sent le regard de son amant qui fixe ses fesses moulées dans la soie. Elle revient en se déhanchant lascivement et pose sur la table ronde un plat en argent : “Et voilà, mon Alphonse, le riz gluant aux petites langues expertes. » Elle pouffe dans ses mains tandis qu'il jette à nouveau un œil sur le menu. Mais où vont-elles chercher toutes ces idées ? pense-t-il en se léchant les babines. Rose s'est assise près de lui, il la juge délicieuse dans sa tenue de geisha. Sous son teint blanc, elle rougit d'avance en sentant le tissu si doux qui lui caresse la peau. Son homme dépose un baiser sur sa main et sa moustache chatouille son poignet. Déjà les frissons la grisent, elle laisse échapper un soupir. Elle rêve d'accélérer les minutes pour sentir cette bouche se coller à son ventre. Pour se calmer, elle se détourne du beau visage de son amant, ses yeux tombent sur les bûches enflammées qui crépitent dans la petite cheminée. Des bougies sont disposées un peu partout et font valser leurs ombres à travers le salon aux murs cramoisis.

Les baisers de son amoureux remontent sur son bras, soulevant les manches fleuries. Ce soir, elle est japonaise, tout y est, la musique aux sons étranges et répétitifs, les lanternes rouges, la bouteille de saké et même les baguettes. Pour parfaire ce voyage au pays du Soleil levant, Rose a relevé ses cheveux auburn dans un chignon haut perché retenu par des aiguilles à tricoter. Ses yeux sont étirés jusqu'aux tempes par un trait noir, ils semblent aussi bridés que ce repas est débridé.

Une pensée bienveillante pour sa tante Renée traverse son esprit. Quelle imagination ! C'est elle l'inspiratrice de ces soirées affolantes. Elle ramasse le menu qui a glissé sur le plancher et, en l'examinant, y trouve des détails qu'elle n'avait pas remarqués et qui l'excitent plus encore. À droite de la description des plats, une Japonaise allongée, jambes écartées. Devant elle, un homme à genoux enfonce son visage dans sa touffe appétissante. “Ils sont entièrement nus, se dit Rose, et cet énorme sexe qu'elle a si bien dessiné ! Décidemment, quel numéro, dire que Renée est la sœur de ma mère !… tout le contraire d'une oie blanche.”

Alphonse, malgré le désir qui le submerge, meurt de faim. Rose sirote de petits verres de saké en s'extasiant sur son appétit et rêve de rapetisser pour pouvoir s'allonger dans son assiette afin qu'il la dévore avec la même ardeur. Il sait qu'elle n'attend que ça, et il fait durer le supplice en prenant tout son temps, sans la lâcher du regard. Ses yeux brillants la rendent folle. Elle glisse une main sous la nappe pour lui saisir la cuisse et remonte jusqu'au boursouflement qu'elle sent vibrer à travers la toile du pantalon. Encore une différence avec les hommes, se dit-elle, l'excitation ne leur coupe pas la faim ! Elle se demande comment les époques précédentes ont pu prétendre que les femmes n'avaient pas de désir, hormis celles que l'on traitait d'hystériques ! Rose s'étouffe de rire en pensant à toutes ces idioties que les hommes ont pu inventer.

N'y tenant plus, elle se glisse sous la table et défait un à un les boutons de la braguette de son amant qui est déjà prête à exploser. Quand elle sent dans ses mains le sexe brûlant et gorgé de sang, elle se jette dessus et les petites langues excitées du menu prennent toute leur saveur. Aux râles que pousse son chéri, elle sait qu'il a enfin lâché ses baguettes. Elle entend la chaise tomber et voilà Alphonse à ses pieds, la nappe lui cachant le visage. Il enlève d'un geste rapide son caleçon de flanelle et se rapproche de Rose pour écarter les pans de son kimono. Elle est toute nue dessous, il en est un peu offusqué. Sans perdre de temps, il plonge ses doigts dans la source gorgée de miel, elle sent son corps partir et défait sa ceinture pour le libérer de tout ce tissu. Il la tire alors de sa cachette vers le tapis en fourrure, et devant l'âtre qui crépite, elle s'installe à quatre pattes, nue comme un ver. Quand il voit ses fesses roses offertes devant lui, il râle de désir et s'agrippe à ses hanches juvéniles pour pénétrer sa toison humide. Une levrette si parfaite que Rose crie son plaisir et ne peut retenir des mots de catin. Il est fou d'elle, il explose de joie, d'amour et de sperme. Le gramophone tourne en boucle, mais ils n'entendent que leurs cœurs essoufflés. »

En écrivant ces lignes, Raphaël se sent envahi d'une chaleur inattendue. Il vient d'évoquer sa position préférée. Et il rit tout seul à l'idée de la réaction de sa belle-mère quand elle lira ce texte. Il allume une cigarette, assez satisfait de son intrusion.

Le gueuloir

Raphaël se perd un peu dans ce méandre de personnages féminins qui tissent un matriarcat où les hommes ne font que passer. Mais il doit s'avouer que Camille a de l'imagination. C'est un peu comme s'il avait entre les mains une matière brute qu'il faudrait sculpter pour lui donner forme. Ensuite il faudra trouver un éditeur. On n'écrit pas pour soi, mais pour être lu et se faire entendre.

Il s'immisce entre chaque phrase, dans ces destins croisés. Il prend place comme un intrus dans la lignée de son épouse. Il se dissimule dans l'ombre des chapitres et se laisse aspirer un siècle en arrière pour espionner ces femmes en marche vers leur destin, tel un passager clandestin qui lorgne leur intimité. Henriette, Odette, Annette. Il a l'impression que plus il cherche à les cerner, plus elles jouent à cache-cache. À mesure que ces femmes lui deviennent familières, il voudrait les arracher des pages pour se les approprier totalement. Leur ôter quelques fanfreluches, faire tomber leurs corsages pour pénétrer leurs mystères. Camille les décrit comme des artistes, des pionnières. Pour lui, ce sont surtout des gourgandines, des demi-mondaines ! Il voudrait en savoir plus, il est même retourné sur leurs tombes, comme s'il pouvait en exhumer quelques secrets.

Parfois il s'interroge sur ce que Camille fait vivre à ses aïeules. Il faudrait sonder leur enfance à la recherche d'un indice manquant. Raphaël corrige, réécrit, puis se relit à haute voix à la manière de Flaubert, son maître en écriture. « Les phrases mal écrites ne résistent pas à cette épreuve ; elles oppressent la poitrine, gênent les battements du cœur », affirmait le grand écrivain.

Raphaël a depuis longtemps pris cette habitude. Dès qu'il finit un article, son bureau devient gueuloir, il déclame tout haut et s'écoute sans indulgence. Pour ce livre qu'il s'approprie, il se sent parfois en porte-à-faux, sa voix n'est plus la sienne. Les mots résonnent étrangement, il se découvre un timbre chevrotant et se sent alors épié par des fantômes. Un peu effrayé, il baisse le ton devant ces ombres résistantes qui le jugeront un jour pour trahison. Il usurpe des phrases et des vies qui ne coulent ni de son encre ni de ses veines. Il est un cambrioleur perché entre deux mondes, qui s'accroche à des liens invisibles pour ne pas glisser.

Depuis toujours, il a essayé de passer de l'autre côté, il lui a manqué si peu pour devenir quelqu'un de bien. Un regard aimant, une caresse sur sa tête d'enfant, un compliment. Il a tant attendu. Sa tendresse a été piétinée, il n'a jamais pu trouver sa place. Sa colère revenait sans cesse le lui rappeler. Les concours, les examens, les brillants résultats ne lui ont pas apporté ce qu'il en attendait. Il se juge médiocre.

En gueulant le texte écrit par sa femme, il s'adresse

à elle. Des images surgissent, il la revoit entrant dans l'église au bras de son père, le menton haut et les yeux voilés. Si parfaitement jolie, il était fier de l'attendre devant l'autel, devant Dieu, devant tous.

Et plus tard, la naissance de Louise, son petit corps gluant et chaud à peine sorti du ventre de sa mère, ruisselante d'amour. Pleurs de joie, larmes de vie, qui restent ses plus beaux souvenirs. C'était un miracle. Lui qui n'avait pas été ému par le gros ventre de sa femme, l'accouchement l'avait foudroyé. Il tente de se remémorer le premier cri de sa fille. De quel paradis s'était-elle échappée, serait-il à la hauteur de cet ange ? Ce moment magique avait tout chamboulé. Il se sentait renaître, restant des heures entières fasciné par le petit visage ridé qui changeait sans cesse d'expression. Quand Louise dormait, il voyait sous ses paupières closes les yeux qui frémissaient dans tous les sens, sans doute pour retrouver l'univers qu'elle venait de quitter et dont nous ignorons tout. Lorsque sa femme donnait le sein à leur petite fille, il déglutissait avec elle ce bonheur auquel il n'avait jamais eu droit. Il priait pour que tout reste ainsi. Il vivait sous un ciel enfin serein.

Malheureusement, cette béatitude n'avait pas duré longtemps. L'enchantement passé, le carrosse était redevenu citrouille, et il était retombé plus bas que terre. Un plongeon dans un grand huit qui penchait dangereusement au fur et à mesure que les années passaient. Il y avait de longs jours de répit pendant lesquels son humeur semblait bien accordée. Il était prêt alors à dévaler des montagnes en tirant Camille par la main. Et puis l'impasse se profilait à nouveau. Il étouffait.

Deux ans après sa sœur, Jeanne était arrivée sans crier gare. Il espérait que cette naissance allait une fois encore lui prêter une enfance. Les premières semaines, il fut aussi exalté que pour son premier bébé, mais il retrouva très vite sa mélancolie. Il ne supportait plus les nuits trop courtes et les braillements ininterrompus de ses deux filles. Il avait envie de hurler plus fort qu'elles et pour se retenir, fuyait sa maison le plus souvent possible.

Dans son bureau en pagaille, Raphaël recommence à gueuler *son* livre, il estime que ça sonne faux, alors il lacère des mots et supprime des phrases entières. Il s'empare du texte en tournant autour de sa chaise comme un lion en cage. Pour donner un nouveau souffle à ces vies qu'il croit sauver du trépas. Il crie si fort qu'il n'a pas entendu la porte s'ouvrir : « Tout va bien, Raph ? Ah, j'ai cru que tu te disputais avec ta femme au téléphone ! Parle un peu moins fort, on t'entend dans tout l'étage ! »

Raphaël s'est arrêté net entre deux exclamations. Il se sent démasqué, et des mots tournent en boucle dans sa tête : « Ce n'est pas ta place, pas ta place. »

La clé des champs

Raphaël repose le cahier et ouvre son ordinateur. Il va ajouter un épisode sur le petit frère d'Odette. Ce Gabriel lui fait de la peine, lui non plus n'avait pas sa place, pauvre gosse perdu au milieu de ces femmes déchaînées. Il a eu un drôle de destin, ce gamin. Il aura grandi tant bien que mal, pour finir entre les pis d'une vache.

Un peu avant ses trente ans, entre deux guerres et deux maîtresses, un soir de chance ou de cocufiage, Gabriel va gagner au casino. À la roulette, un soir d'été, il empoche tant d'argent qu'il se prend pour Crésus. Il passe la nuit à boire et à rêver. Dès potron-minet, il ne pense plus qu'à une chose, s'acheter avec son pactole la voiture de ses rêves. Grisé par sa chance, il sent que la roue tourne et qu'il va enfin devenir quelqu'un. Il a fière allure dans son costume blanc et sa Panhard & Levassor. Les cheveux gominés et la raie au milieu, il chantonne en sortant son coude par la vitre. Il va rejoindre sa mère pour lui raconter qu'il s'est frotté au destin et que c'est lui qui a gagné. Il tâte dans sa poche les liasses de billets qui déforment son pantalon à pinces. Une fortune, il va pouvoir acheter des émeraudes à ses maîtresses et un manteau en ragondin à sa mère. Ah, la belle vie ! Il tient sa revanche, il sait désormais qu'il ne restera pas toujours « le petit dernier ». La route sinueuse traverse les blés épanouis. Des champs blonds qui lui rappellent la toison de Simone. Il revoit ses poils si longs, si doux, où il aime glisser son nez, se chafriolant dans leur parfum boisé. Il en a la tête qui tourne, et ouvre un peu plus la vitre pour respirer les foins coupés. Une vache noire et blanche traverse la route en ruminant, pile à cet instant-là.

Crissements de freins, tôles froissées, rêves brisés, sangs mêlés, la bête et l'homme sont tués sur le coup. Il n'a pas eu le temps de voir sa vie défiler, sans doute qu'elle n'en valait pas la peine.

La face cachée

À peine sortie de ses rêves, le matin très tôt, Camille démêle les fils de sa lignée et l'aube retrouve sa clarté. Depuis quelque temps, Raphaël semble absent. Au moins il la laisse voguer en paix et ne lui lance pas de phrases assassines.

C'est bizarre la gamme de sentiments opposés qu'elle éprouve pour lui. Parfois, il l'exaspère et, l'instant d'après, il lui fait de la peine. Soudain elle le découvre à nu, démasqué, avec des yeux remplis de tristesse, de remords peut-être. Lui qui d'habitude se tient plus droit qu'une carte à jouer, il penche alors de côté comme s'il était alourdi par tant de chagrin. Elle prend pitié de lui et c'est presque pire que de le détester.

Quand il vient récupérer les feuilles qu'elle vient de remplir, il les prend avec l'air de s'excuser. Pourtant, il doit bien savoir qu'elle est fière de l'intérêt qu'il porte à son livre, du temps qu'il lui accorde. Lui qui ne s'était jamais soucié de ce qu'elle faisait. Il part au journal chaque jour vers la même heure, et elle le suit des yeux, accoudée au balcon, en buvant sa chicorée. Il marche tête baissée, comme pour ne pas voir les obstacles. Elle aime le regarder de dos. Le jour où elle l'a rencontré, elle est tombée amoureuse de lui sans même voir son visage. Sa façon de se tenir, ses épaules carrées mises en valeur par un blouson en daim, sa nuque large, ses cheveux bouclés, elle a su que c'était lui.

Elle vit avec lui depuis si longtemps, et il reste toujours un mystère. Comme s'il ne s'était jamais retourné. Elle qui arrivait si bien à pénétrer les pensées des autres, à comprendre leurs tourments, à consoler ses amis, devant les paradoxes de son mari, elle était perdue. « Chacun de nous est une lune, avec une face cachée que personne ne voit. » Cet aphorisme de Mark Twain, Raphaël en était l'illustration. Aussi lumineux que le jour et aussi noir que la nuit. C'était aussi ce qui lui plaisait, qu'il soit à la fois l'agneau et le loup, le bon et la brute. Elle n'avait jamais fait le tour de sa personnalité, il l'étonnait encore autant qu'il l'énervait. Il réussissait toujours à la culpabiliser. S'il débordait de rage, c'était sa faute à elle. Une fragilité venue de loin la persuadait qu'elle était à l'origine des emportements de Raphaël. Elle partageait sans doute des torts avec cette mère qui avait ignoré son fils. Elle imaginait l'enfance de Raphaël, sans caresses, sans tendresse. La vraie responsable, était-ce la folie de cette femme ? Camille ne l'avait pas connue, sa belle-mère était morte juste avant leur rencontre. Elle la plaignait d'avoir si peu aimé ses enfants.

Nos parents sont notre socle. Camille pense à sa propre famille, à son père qu'elle voit trop rarement, sa nouvelle femme n'étant pas très accueillante. À son frère qui s'est exilé à Maurice et ne revient presque jamais à Paris. De temps en temps, ils se parlent de tout et de rien sur

FaceTime. Il est encore célibataire, sa seule passion, c'est la plongée sous-marine. Il fouille les océans à la recherche de trésors engloutis. De légendes enfouies qu'il sauve de l'oubli. Camille, elle, fouille le ciel. Ils cherchent tous les deux ce que cache le passé, mais dans des directions contraires. C'est leur seul point commun.

Heureusement que sa mère n'habite pas loin, et qu'elles se voient souvent. Camille ne pourrait pas supporter sa disparition. Elle a tant de mal à devenir adulte, son enfance reste accrochée à ses basques : « Si je devais mourir à cent ans, je n'aurais que dix fois dix ans. »

Sa maman lui a toujours dit qu'une fois mère, on n'était plus jamais tranquille. Camille en fait l'expérience depuis qu'elle a ses filles. Cet amour démesuré l'enchaîne. Elle pense à ce poème tragique de Jean Richepin que son père récitait souvent, et qui dépeint l'absolu de l'amour maternel. Un fils tue sa mère, lui arrache le cœur pour l'offrir à la femme qu'il aime et, courant trop vite pour le lui apporter, le fait tomber à terre. Camille le connaît encore par cœur :

Va chez sa mère et la tue,
Lui prit l'cœur et s'en courut.
Comme il courut il tomba,
Et par terre l'cœur roula.
Et pendant que l'cœur roulait,
Entendit l'cœur qui parlait.
Et l'cœur disait en pleurant :
« T'es-tu fait mal mon enfant ? »

Odette, 1919

Des heures, des heures durant, cette douleur inconnue, irrévérencieuse, exaspérante. Dans sa chemise de nuit en lin brodé, elle était recroquevillée sur son lit aux draps froissés. Des bougies faisaient vaciller une lueur inquiétante dans la pénombre. Sa sœur Marguerite se pencha sur elle avec des yeux de pitié. Ou peut-être d'envie, elle qui n'enfanterait jamais. Odette reniflait et se tordait avec une violence telle qu'elle voyait à peine sa sœur. Ce chaos qu'elle ressentait dans tout son corps l'accablait, son cœur partait à la dérive, elle allait devenir folle. Ses cheveux en désordre balayaient son visage, et ses lèvres rondes lâchaient des râles. Au fond de ses entrailles, cela se déchirait, s'étripait, une chose crevait de sortir. De « tomber au monde », comme on disait en ce début de siècle.

Depuis que son ventre avait tant grossi, elle avait le sentiment d'être dans une impasse. L'angoisse la vrillait : comment cette énorme masse qui déformait son corps pourrait-elle jamais en sortir ? D'ailleurs, qui était cet autre à l'intérieur, une part d'elle ou un monstre difforme ?

Elle craignait plus que tout qu'il soit anormal, porteur

d'une tare ou simplement laid. Elle avait déjà prévenu la sage-femme qu'elle voulait qu'on le tue s'il était raté. Choquée, la petite dame à la mine renfrognée avait fait un signe de croix, en se planquant derrière la porte en bois. Tant de questions se bousculaient dans le cerveau agité d'Odette. En ressentant les contractions comme des coups de couteau dans son ventre, elle repensait à tous les risques qu'elle encourait. Que son enfant soit étranglé par le cordon enroulé autour du cou, ce dont elle serait responsable car elle avait trop souvent croisé les jambes, ou qu'il ait le visage atroce de ce soldat mutilé sur lequel son regard s'était un jour posé et dont le souvenir pouvait avoir une influence directe sur celui qu'elle portait. Sa mère l'avait prévenue : tu dois ne voir que du beau, car tout ce qui entre par tes yeux se répercutera fatalement sur le bébé que tu fabriques. Alors elle s'était concentrée très fort sur le visage de Lucien pour que leur enfant lui ressemble.

Quand elle fut dans l'obligation d'épouser celui qui devint son mari pour cause de polichinelle dans le tiroir, elle crut qu'une nouvelle chance lui était donnée. Mais, très vite, elle se rendit compte qu'il l'avait trompée. Pas avec une autre femme, cela aurait été facile à pardonner ! Pire… Trompée sur son identité, sur lui-même. À la mairie, elle s'était retrouvée face à un inconnu mal rasé qui, au lieu de s'appeler Charles Verrière, se nommait Gustave Godiche. Ce nom qu'elle refuserait toujours de porter. Et le soldat victorieux, magnifique dans son uniforme bardé de croix au sortir de la Grande Guerre, se trouvait être un poète sans sou ni avenir, affublé de ce nom à coucher dehors. Ce qu'il faisait souvent. Il n'était pas là quand elle s'était réveillée cette nuit en inondant son lit. Cela lui était du reste bien égal.

Elle décortiquait sa souffrance dans la petite chambre aux murs tapissés de fleurs qui lui évoquaient les gerbes qu'on irait déposer sur sa tombe. Car oui, c'est sûr, elle allait finir par mourir en donnant la vie. Elle le savait. D'où venait ce marmot qui explosait son corps si ce n'était du royaume des morts ? Le tableau devant elle, soudain de guingois, et qu'elle ne reconnaissait plus, était-il peuplé d'anges ou de démons ? La mer si calme hier semblait se déchaîner. Le bleu des vagues était devenu rouge sang et les enfants avaient des mines effrayantes. Elle avait peur, tremblait et appelait sa mère au secours. Elle n'avait que dix-neuf ans et voulait tant revenir en arrière.

Avant, le bonheur était tout près, elle le frôlait des doigts. Elle revoyait les yeux de Lucien et son cœur se tordait. C'est pour cela qu'elle était punie. Il faut avoir peur du bonheur. Sa mère lui avait toujours dit de s'en méfier. Car tout s'inverse toujours, la roue tourne. Ne pas oublier que le pire est toujours à craindre. Prier, espérer, mais toujours douter. Sa maman savait si bien raconter la vie qui monte et qui descend, la vie qui s'enfuit. Sa maman qu'elle aimait passionnément. Pourrait-elle rester sa fille en devenant maman ? Maman d'en haut et d'en bas. En tout cas, moi, je suis la perdante depuis qu'à mon tour je suis grande, pensait-elle en enfonçant ses ongles dans ses cuisses écartées.

Le temps de l'enfance était tout joli, exquis. Ses sœurs, sa mère, les jeux, les rires et ce petit frère dont elles se moquaient. Pourquoi rien ne durait-il ? Au moment où l'on s'attache à ses jours, tout bascule et change à jamais. Elle ne se reconnaissait plus, ce n'était plus la petite chérie de la famille qui hurlait dans ce lit. Elle ferma les yeux, en priant que ce soit une fille, c'est gentil les filles, s'il vous plaît, une poupée au teint de porcelaine qui portera de la dentelle.

C'est au bout de tout ce temps que bébé daigna quitter son nid. S'extraire du bassin de sa mère en déchirant sa chair. La sage-femme mit tout son poids pour le pousser dehors puis attrapa son épaule en le faisant sortir d'une main experte. Il franchit d'un coup le col glissant et ensanglanté, expulsé à jamais de son paradis. Odette perdit connaissance. Elle n'entendit pas son premier cri, ni la claque donnée par celle qui le tenait dans ses mains. Sa sœur avait quitté la pièce, c'était trop pour elle.

Le nouveau-né hurla si fort qu'il réveilla sa mère.

« Ch'est une grosse demoiselle !

– Elle est normale ? articula Odette en ouvrant un œil.

– M'en a tout l'air. J'vas la rincer et l'emmailloter et vous, faites votre délivrance pendant ce temps. »

Le placenta se retira bien comme il faut du corps martyrisé. Au bout d'un long moment, on présenta l'enfant à sa mère.

« Oh ! elle est si jolie, elle s'appellera Annette », s'exclama Odette en embrassant la petite étrangère qui était entrée dans sa vie sans ménagement.

Elle pensa une fois encore à son Lucien, et s'évanouit à nouveau, mais de bonheur cette fois.

Échappée belle

Ni avec lui ni sans. Ils ont passé un week-end de rêve, une bulle de paix, dans un petit hôtel sur la plage de Trouville. Ils ont beaucoup parlé de son livre, il voulait en savoir plus. Elle lui a raconté en détail comment ce passé remontait mystérieusement, comme s'il était inscrit en elle depuis toujours.

Pour qu'il puisse mieux se représenter la lignée généalogique de sa famille, elle a dessiné un arbre avec des branches entremêlées. « Où sont les hommes ? Ils ne comptent pour rien ? avait demandé Raphaël en se raclant la gorge.

– Ben non, on en avait juste besoin pour faire des bébés et pour se faire gâter ! On pouvait même changer de mari, le divorce existe depuis 1884 exactement, j'ai vérifié ! Et puis, n'oublie pas que mes grands-mères voulaient plus que tout être indépendantes. Elles ont toujours essayé de travailler ; pourtant, dans ces années-là, c'était impossible d'être prise au sérieux quand on était une femme. Après la guerre, mon arrière-grand-mère Odette a quand même réussi à monter son agence de voyage avec son amie Suzy, et plus tard sa fille Annette a pris la relève ! Bon, elle a dû déposer le bilan, mais ça, c'est une autre histoire… C'est drôle, de génération en génération, et jusqu'à moi, on a toutes voulu parcourir le monde, un peu comme pour venger Henriette, elle qui aurait tant aimé voyager… Mais qui tombait toujours enceinte au mauvais moment ! »

Camille lui a parlé longtemps de ces femmes qui vivaient collées comme des sardines, toujours sur leur trente et un, élégantes, coquettes, bavardes, indisciplinées. Des gigolettes qui se balançaient en dévoilant leurs genoux et en profitant de la douceur du jour. Qui pouffaient de rire pour des bêtises derrière leurs mains gantées. Mais elle avait du mal à lui décrire clairement ce qu'elle ressentait quand elle était traversée par ces vibrations venues de loin. Elle n'avait pas vraiment envie de lui expliquer qu'en écrivant, elle avait l'impression d'alléger une solitude éprouvée depuis toujours. On écrit pour se sentir moins seul. Pour s'écouter et se comprendre mieux. Mais ça, elle l'a gardé pour elle.

Il fut délicieux ce dimanche. Il avait le goût des croissants tièdes de leur petit déjeuner. Raphaël sifflait sa joie un peu trop haut, comme s'il essayait de l'apprivoiser. Camille s'était blottie contre lui en lui donnant l'absolution par un tendre baiser. Elle avait l'habitude de mettre de côté, de ranger ce qu'elle préférait ne pas voir. À force, ça s'accumulait, et elle s'en servait pour escalader sa vie et remonter le fil du temps. Elle n'était pas dupe pour autant et savait qu'un jour, elle risquait de dégringoler de haut.

Odette et Annette, 1925

Dans la vie faut pas s'en faire
Moi je ne m'en fais pas
Toutes ces petites misères
Seront passagères
Tout ça s'arrangera.

Je n'ai pas un caractère
À me faire du tracas
Croyez-moi sur terre
Faut jamais s'en faire
Moi je ne m'en fais pas

Étalée à plat ventre, Annette berçait sa nouvelle poupée, fascinée par ses yeux qui s'ouvraient et se fermaient. Sa grand-mère lui avait offert pour ses six ans le dernier modèle de la célèbre Bleuette, celui avec les paupières mobiles. Il faisait nuit, et la gamine était seule dans le petit duplex où elle vivait avec sa mère Odette, depuis que ses parents étaient séparés.

Au même moment, rue de Courcelles, Odette et son amie Suzy se tortillaient en riant. Leurs robes à strass scintillaient sur le trottoir sombre. Elles hélèrent un taxi pour se rendre dans leur dancing favori, à Montmartre.

Comme il n'y avait personne pour la surveiller, Annette faisait sa désobéissante ! Elle ne voulait pas se coucher, trop de monstres étaient cachés sous son lit. Elle serrait sa Bleuette contre elle.

Sur la piste, au milieu des couples qui chaviraient, Odette et ses amies s'en donnaient à cœur joie. Leurs jolis bras et leurs colliers sautillaient aussi frénétiquement que leurs guibolles. En libérant leurs corps, elles faisaient un pied de nez à la guerre, à la mort et aux conventions. Pendant la Grande Guerre, le gouvernement avait interdit la danse par respect pour les jeunes soldats qui mouraient au front par milliers. À partir de 1920, juste après la grippe espagnole qui décima ceux que la guerre avait épargnés, les Français avaient voulu rattraper le temps perdu en se persuadant que « plus jamais tant d'horreurs, plus jamais la guerre, c'est la Der des Ders, ça c'est certain ! ». On remerciait le ciel d'être en vie, on célébrait un peu partout ce nouveau bonheur. L'avenir n'avait qu'à bien se tenir. La joie s'armait de courage, et le monde s'ouvrait en accueillant les rythmes fous venus d'Amérique. On se jetait corps et âme dans cette nouvelle liberté. Pendant dix ans, on célébra la vie avec rage et folie. Les Années folles.

À cette époque, la mode aussi poussa les femmes à s'émanciper. On délaissa les corsets, on écrasa les seins, on aplatit les fesses, on montra ses jambes, au diable les fantasmes masculins ! On voulait juste être soi, et les robes courtes en parallélépipède, comme les décrivait Colette, eurent un succès fou. Les filles copiaient les garçons, en se coupant les cheveux, en les gominant, et en s'appropriant leurs droits. Elles fumaient, buvaient, draguaient sans se soucier du qu'en-dira-t-on. Elles accrochaient leurs sentiments sur des sautoirs brillants qu'elles balançaient par-dessus leurs épaules nues. Elles pouvaient sortir entre elles, rire et s'aimer. Elles avaient le diable au corps et la tête pleine de désirs. Les femmes eurent enfin le droit d'exister.

Annette avait étalé par terre le trousseau de sa poupée Lilly. En lui offrant sa Bleuette, sa grand-mère l'avait aussi abonnée à *La Semaine de Suzette*, ce journal qui, en plus de ses histoires illustrées en noir et en couleur, offrait la possibilité d'acheter par correspondance des vêtements miniatures. Plus de mille modèles furent créés, des répliques parfaites qui suivaient la mode de près. Devant les habits dépliés, la petite fille avait les mirettes en folie. Que vais-je lui mettre ? La tenue Roland-Garros façon Suzanne Lenglen, ou un short-combinaison en piqué blanc côte de cheval et fermeture glissière ? Ce costume marin avec bonnet à pompon, ou la robe pâquerette tout en volants à dentelle ? Ou la tenue d'infirmière avec son brassard de la Croix-Rouge, son tablier et sa grande cape bleu foncé ? Annette ouvrit un tiroir du petit placard en bois qui débordait de dessous miniatures. Comble de la joie ! Des jupons, des bas, des cols, des chaussettes, des écharpes et des culottes à en perdre la tête ! Après moult hésitations, Annette choisit la robe frou-frou en paillettes de soie bleu ciel, avec sa taille froncée ornée de choux rubans, comme ça Lilly ressemblera à sa maman.

Pendant ce temps, Odette avait envoyé valdinguer

ses souliers à brides et se trémoussait en regardant l'éclairage du plafond qui lui clignait de l'œil. Tout en secouant ses cheveux et ses colliers, elle avait soulevé ses genoux si haut que sa robe fluide dévoila ses jolies jambes. Ses bras s'agitaient à toute allure comme les ailes d'un moulin, on l'aurait crue désarticulée. Ce jazz venu de La Nouvelle-Orléans la galvanisait, elle se sentait vivante jusqu'au bout des doigts et suivait des yeux les étoiles de lumière en priant pour que jamais la nuit ne finisse. Ses amies la rejoignirent et s'agrippèrent à ses épaules pour former une chenille. Elles sillonnèrent ainsi le dancing en chantant à tue-tête. Elles s'étaient frayé un chemin tortueux parmi des femmes seins nus, montées à califourchon sur les épaules d'hommes qui ruaient et se cabraient comme des chevaux fous. Elles frôlaient des demoiselles langoureusement enlacées qui s'embrassaient à pleine bouche. Des Américains éberlués fumaient leurs cigares en se décrochant la tête pour ne rien rater. Attablé contre le bar sur un tabouret chancelant, Foujita avait sorti son porte-plume pour croquer cette joie sans limites. Le peintre était hypnotisé par ces éclats de vie qui brisaient tous les tabous. Mais la musique était assourdissante, impossible de se concentrer.

Annette ne dormait toujours pas. Elle dansait avec sa poupée qu'elle tenait bien serrée pour ne pas casser son corps en porcelaine. Elle chantait aussi, pour ne pas entendre le vide qui l'effrayait.

Dans la vie faut pas s'en faire
Moi je ne m'en fais pas...

Elle tournait, sautait, fredonnait puis s'allongea sur la descente de lit. Elle se frotta les yeux, vite rattrapée par le sommeil. Dans son rêve, sa poupée se transforma en une vraie petite fille qui lui demanda si elle voulait être son amie.

Sous une pluie de confettis, Odette dut reprendre son souffle, elle s'affala sur un pouf. Elle commanda un Manhattan, en jetant un coup d'œil sur les tenues farfelues et canailles de tout ce petit monde. Ses yeux charbonneux brillaient de mille feux, elle était radieuse. Comme la vie était belle ! Elle ne voulait pas regarder sa montre, l'aiguille tournait, déjà six heures du matin.

Annette fut réveillée par une musique qui remplissait sa chambre. Elle poussa la porte du salon, petite ombre en nuisette, et entendit des voix rauques qui sortaient du gramophone et de sa drôle de fleur grande ouverte. À peine rentrées de soirée, sa mère et Suzy continuaient de danser en croisant leurs mains sur leurs genoux à une vitesse folle. Elles s'entraînaient sans cesse, du matin au soir. Le parquet craqua et Annette craignit qu'elles passent au travers. Elle resta bouche bée devant les deux femmes qui scintillaient dans le matin sombre.

Suzy, essoufflée et rouge, manqua s'étaler en voulant attirer la fillette vers elle : « Je mettrais ma main au feu que tu rêves d'apprendre le charleston. Allez, viens donc ! » Odette lança à sa fille un regard flou, son Rimmel avait coulé. Elle continua de gesticuler de plus belle pendant que son amie guidait la petite en lui montrant les pas. En dix minutes à peine et du haut de ses six ans, Annette avait tout retenu, et sa chemise de nuit se soulevait aussi haut que ses gambettes, dévoilant sa culotte à dentelles sous les yeux extasiés des deux amies. Puis elles s'écroulèrent toutes trois à même le sol, le cœur battant aussi rapidement que le swing.

Odette se jeta sur sa fille : « Mon Dieu, comme je t'adore ! Tu es non seulement jolie comme un cœur, mais en plus tu es tellement douée que tu vas bientôt détrôner Joséphine Baker, c'est toi qu'on ira applaudir au Théâtre des Champs-Élysées ! » Annette était aux anges. Pour que le temps s'arrête, elle se nicha dans le cou de sa mère. Rien d'autre que son parfum ne comptait. Odette secoua ses cheveux en plissant ses paupières. Annette aurait voulu attraper les petits rayons de soleil qui se levaient de chaque côté de ses yeux rieurs.

Envers et contre tout

« C'est dingue, tu ne comprends jamais rien. » Camille s'enfonce dans la baignoire, elle regarde ses orteils et pense qu'elle doit absolument aller faire une pédicure, c'est si joli des ongles rouges. Raphaël s'applique à lui gâcher son bain. Il a débarqué en trombe, bien trop tôt et d'une humeur de chien. Ni bonjour, ni sourire, une douche glaciale qui refroidit même l'eau. « Qu'est-ce qui se passe, il y a un problème au journal ? » Elle sort les épaules de la baignoire pour faire semblant de compatir. Une logorrhée accusatrice et des phrases assassines se déversent soudain dans toute la salle de bains. Devant les attaques de son mari, un système immunitaire bien rodé se met aussitôt en place pour la protéger.

Qu'est-ce qu'il fait, qu'est-ce qu'il a, qui c'est celui-là ?
Il a une drôle de tête ce type-là…

Son père adorait cette chanson de Vassiliu. Son papa… Elle se revoit dans son bureau, elle seule pouvait le déranger, elle avait tous les droits. Il arrêtait d'écrire et faisait une boule avec sa feuille qu'il jetait à la poubelle avec un œil fermé pour bien viser. Il essayait depuis des mois déjà de finir un projet pour le théâtre. Ça le distrayait de son métier de psychiatre qui le confrontait à tant de détresse. Elle était en extase devant lui, elle trouvait ça formidable de faire et de défaire, d'écrire et de jeter, de n'être jamais satisfait. Tu sais, ma chérie, la seule chose que j'aie réussie du premier coup, c'est bien toi ! Son papa qui l'aimait sans doute trop, même si cet amour n'était pas parfait.

Raphaël s'est agrippé au lavabo, on dirait qu'il cherche à se retenir, il continue de plus belle, agacé par l'attitude de sa femme qui pense à quoi encore. Elle ne l'écoute jamais, ce qui a le don de l'énerver. « Tu es encore dans ton bain, tu n'as même pas commencé à préparer le dîner. J'en peux plus de travailler comme un fou, et de trouver ce bordel quand je rentre, avec ta fille encore vautrée devant une série débile et… »

Ne pas résister… Elle replonge dans son bain, ne laissant apparaître que son front. Elle sort le visage pour répondre d'un ton neutre : « Ah, c'est pour ta sœur que tu t'inquiètes ! Il n'est que sept heures, elle arrive toujours en retard, ne t'en fais pas, tout est prêt ! » Et elle s'enfonce à nouveau sous l'eau rassurante.

Raphaël est sidéré par son attitude. Il regarde le visage de sa femme ressurgir de l'eau, mouillé et lisse. Les cheveux plaqués en arrière, le front dégagé et la bouche entrouverte. Il est à bout de nerfs, il voudrait appuyer dessus avec ses deux mains. Les bulles que les cris étouffés projetteraient à la surface… Envie de la faire disparaître.

Puis, d'un coup, sa fureur se transforme en excitation, il a toujours eu les émotions en désordre. Il s'agenouille contre la baignoire et touche la joue de Camille qui a la douceur d'un dauphin. Elle garde les yeux clos, confiante et résignée. « Ne bouge pas », lui murmure-t-il à l'oreille. Il pose un doigt sur sa bouche humide, lui caresse le cou, puis plonge ses mains dans l'eau pour attraper ses seins. La peau de sa femme ressemble à celle d'une poupée de cire. Il est traversé par des courants contraires et commence à la désirer très fort. Il voudrait à la fois l'étreindre et l'égorger. Sans un mot, il se déshabille pour la rejoindre. L'eau déborde, Camille essaie de ne pas crier quand il la pénètre, elle se mord les lèvres et ferme les yeux, jouissant sans bruit. Elle connaît les lubies de son mari. Qu'elle aime, envers et contre tout.

Dîner de famille

« La voilà, c'est Suzanne ! Elle sonne toujours trois fois. J'y vais ! » Raphaël ouvre à sa sœur, l'air joyeux. Il l'accueille avec tendresse. Louise se précipite vers sa tante et, quand elle l'embrasse, celle-ci détourne la tête, visiblement dérangée par cette effusion. Le malaise de Suzanne est palpable. Sans doute cette image de foyer rassurant, la cheminée décorée de photos et de souvenirs, l'odeur d'un plat mijoté l'agressent en la sortant de son ordinaire. Camille l'accueille avec son grand sourire. Les deux femmes se questionnent sur tout et rien dans un échange qui masque leur gêne face à ce qui les distingue. L'une appréciant en l'autre ce qu'elle ne sera jamais. La liberté, les jours sans contraintes de sa belle-sœur célibataire et son travail de recherche sur les particules atomiques semblent un eldorado pour Camille qui rêve d'horizons nouveaux. Elle tripote son tablier et s'éclipse vers la cuisine.

Suzanne avale trop vite son verre de blanc et s'étrangle. Raphaël semble apaisé, l'image parfaite du bobo comblé. Il demande à sa sœur des nouvelles de son boulot puis « C'est serviiii ! » les tire de leurs échanges.

À peine sont-ils installés autour de la table ronde que Jeanne débarque en coup de vent. Après avoir déposé son sac à terre, elle s'assied, l'air excité comme une puce : « Désolée d'arriver si tard, t'as pas eu peur, maman ? Y'a eu un casting avec une réalisatrice super connue il paraît, qui cherche des danseuses pour un film ! T'aurais vu comme on était toutes, et que je te pousse et que je m'applique, et que je te passe devant en faisant nos belles ! Madame Bouche Pincée, elle savait plus où donner de la tête. Oh, j'aimerais tant que ce soit moi qu'on choisisse… Mais je parle trop, excuse-moi, bonsoir, Suzanne ! » ajoute-t-elle en se tournant vers sa tante avec un sourire désarmant.

Suzanne presse Jeanne de questions sur son école. Elle a toujours semblé s'intéresser à sa jeune nièce. Camille regarde les bras de sa petite déjà si grande qui ondulent dans l'espace pour s'exprimer avec grâce. « C'est flagrant comme elle ressemble à ma mère, avec ses pommettes hautes et sa bouche immense qui laisse voir ses dents du bonheur. »

Elle est fière de sa fille.

Suzanne évoque ses dernières recherches et demande à Camille ce qu'elle fait en ce moment. « Je travaille depuis une semaine sur une visite qui va avoir lieu à Belleville, un quartier que j'adore avec ses rues qui montent et qui descendent. Il y a des petites maisons si jolies et des coins restés dans leur jus, c'est d'un désuet. » Louise et Jeanne chuchotent entre elles, Raphaël pianote sur son téléphone, Suzanne est la seule à écouter sa belle-sœur. « J'aime tant découvrir des lieux insolites, des pierres chargées d'histoire, mais ce qui rend mon job vraiment intéressant, ce sont ceux qui habitent dans ces quartiers et qui en sont devenus l'âme. » Puis Camille se lève pour aller chercher le dessert en emportant le tas d'assiettes.

Tout en regardant son frère qui est resté assis sans bouger, Suzanne marmonne dans sa serviette en papier, qu'elle froisse dans sa main comme pour y dissimuler de mystérieuses pensées.

Jeanne la tire de ses rêveries : « Yesssss, mon dessert préféré ! Tu aimes le gâteau au chocolat à la crème de marrons, tantine ? » Suzanne lâche sa serviette et attrape la main de sa nièce chérie. On dirait qu'elle hésite à lui transmettre un secret qu'elle doit encore garder pour elle. « Mais bien sûr, j'adore, je suis très gourmande ! » Comme quoi, on peut penser à une chose et en dire une autre. On peut être celle qui écoute la recette de gâteau, qui s'émeut de la beauté de ses nièces, qui se délecte du vin naturel vanté par son frère tout en pensant à l'appartement vide qui l'attend, aux rêves dépassés, aux amours perdues, aux enfants sacrifiés. Tout ça en même temps. Il y a ce qu'on pense et ce qu'on dit, il y a ce qu'on est et ce qu'on fait, savoir tout accorder, est-ce possible ?

On a tant de vies en soi, et si peu de jours.

Une miette du gâteau s'est accrochée au menton de Raphaël. Sa sœur, l'air attendri, le lui fait remarquer. La bougie coule sur la nappe, Suzanne souffle dessus pour l'éteindre et l'atmosphère devient sombre. Un ange passe et, pour trouer le silence, Suzanne demande d'une voix enjouée : « Et le roman dont tu m'as parlé, Raf, tu en es où ? » Pourquoi cette question plutôt qu'une autre ? Raphaël devient blême. Il se lève pour débarrasser. Camille baisse les yeux en serrant les poings et, comme si elle avait compris qu'il fallait faire diversion, Jeanne se met à réciter un poème. La soirée s'est finie gentiment, on a continué de parler de tout et de rien. Suzanne a remis son imper pour rentrer chez elle. Sa question est restée sans réponse.

Trois heures du matin. Camille pousse sa couette, elle a trop chaud. Un vrai manège dans sa tête, ça tourne à toute allure. Cette question de Suzanne, adressée à Raphaël ? Sans réponse, sans suite, circulez y'a rien à voir. Camille n'avait pas su réagir. Un déni de plus ou une phrase de trop. Jeanne s'était transformée en mouche du coche, pour détourner l'attention. Louise avait déjà quitté la table. Un livre, quel livre, le mien, le sien, de quoi parlait Suzanne ? Camille sait que sa belle-sœur dérape souvent. Elle l'imagine maintenant dans la solitude de son petit studio, cherchant un Lexomil pour tenter d'oublier une vie qui l'a dépassée.

Camille s'est toujours accommodée du flou, elle préfère en général tournicoter à l'intérieur, quitte à s'emmêler les pinceaux. Les cachotteries et les doutes lui servent d'alibis. Mais cette nuit, elle ne veut plus faire l'autruche. Elle veut savoir.

Jeanne à son journal

Mon père, il me fait tourner en bourrique. Comment t'expliquer, toi mon confident adoré, cette impression de ne pas le reconnaître ? Plus ça va, plus il disparaît. Il est là sans y être, sa voix est fêlée, ses yeux distraits. Depuis quelques jours, il porte des lunettes, comme pour nous voir derrière des carreaux. Il se met à l'écart. Il ne se ressemble plus. Avant il me demandait si j'allais bien, ce que je faisais, et là il est plongé devant la télé sans me calculer.

Hier soir pourtant, c'était fête, j'étais trop contente quand j'ai vu que sa sœur était là. Elle est top, elle a toujours les yeux écarquillés et des cheveux tellement raides qu'on pourrait manger des sushis avec, de vraies baguettes ! Maman avait mis les petits plats dans les grands, c'était miam, un délice. Tout le monde, enfin notre petit monde à cinq, avait l'air content. Papa racontait des histoires que j'avais mille fois entendues, c'était réconfortant de savoir ce qu'il allait dire. Grâce à mes antennes, je savais que c'était un soir où il n'allait pas s'énerver. Mon « roi des papas », comme la chanson qu'on chantait à tue-tête avec lui quand j'étais petite.

Tout d'un coup je suis grande. En vrai et en moi. Un mètre soixante-neuf à douze ans, une géante. Faut que j'arrête de pousser, sinon ils vont me virer de l'Opéra.

Mais bon, c'est un autre sujet ! Bref, alors que tout se passait bien, à un moment, j'ai vu ma tante se dépêtrer dans ses lèvres qui marmonnaient des silences avec un air inquiet. J'avais envie de lui taper dans le dos pour qu'elle sorte ce qui lui bloquait la gorge, et là, elle relève le menton et elle demande à papa : « Tu en es où de ton livre ? » ou un truc de ce genre. Un éclair a traversé le regard de papa, maman a eu l'air sidérée. J'ai vu ses poings se serrer brusquement, on aurait dit une pieuvre attaquée par un crabe. Tu vois, je suis toujours étonnée comme en un instant tout chavire. Pareil qu'à Pompéi, quand la lave les a tous engloutis, toutes ces vies stoppées net. Un instant, et tout peut s'effondrer. Un coup de gong du destin, et on se retrouve au bord du précipice. C'est à force de pratiquer mon père que je sais ça. On croit que tout baigne, on respire, on sautille, on est tranquille et hop, quand on s'y attend le moins, le dragon crache ses flammes, transperce l'horizon et tout est pétrifié. Comme les corps ensevelis sous les cendres du Vésuve.

Je suis habituée à ces retournements plus rapides que le vent, alors je reste toujours sur mes gardes. Quand je suis le plus heureuse, quand je danse comme une folle, que j'ai un fou rire, au fond de moi il y a une alarme prête à s'enclencher. C'est dans ces moments-là qu'on a le plus à craindre. Je suis toujours prête à m'adapter aux vents contraires, c'est comme quand je barre un dériveur. Je sais que, sans prévenir, les vagues peuvent devenir des montagnes, et le ciel d'azur se retrouver hachuré d'éclairs. C'est mon côté scout ! Leur devise est la mienne : « Toujours prêts ». Il faut avoir l'esprit et le corps toujours prêts. Et avoir pensé à tous les accidents qui peuvent se présenter. Faire au bon moment la bonne action. Quand j'étais louvette, j'adorais ces nuits dans la forêt, à l'affût, toujours à l'affût.

Tu sais, je crois que papa fait des choses bizarres avec le livre de maman. Alors là, cette question de Suzanne, j'ai bien vu qu'elle allait tout faire flancher. Je l'ai attrapée au vol, détournée de son trajet comme si j'étais une bombe déclenchée par la Défense planétaire pour anéantir une météorite. En vrai, ma famille c'est mon ciel. Voilà, j'ai percuté la question missile pour la dévier avec une poésie. En plus, il s'appelle « À Jeanne » ce poème, c'est pour ça que je le connais par cœur.

L'aurore ressemble à ton âge ;
Jeanne, il existe sous les cieux
On ne sait quel doux voisinage
Des bons cœurs avec les beaux lieux.

Et écoute la fin, c'est trop joli :

Ô Jeanne, ta douceur est telle
Qu'en errant dans ces bois bénis,
Elle fait dresser devant elle
Les petites têtes des nids.

Tu comprends que je l'adore, mon rêve ça serait qu'on l'ait écrit rien que pour moi !

Donc, tu vois, j'ai balancé du Victor Hugo, une arme

implacable. Et le pire, c'est que ça a marché ! Papa a dégluti sans moufter, maman s'est un peu étranglée, et ses yeux sont redevenus soyeux. Ma tante a senti l'impact, réfugiée sous sa frange, elle n'a rien compris, mais de toute façon, elle n'attend plus de réponses depuis longtemps. Elle m'écoutait bouche ouverte comme un merlan frit. Ma sœur n'était plus là, elle a toujours le don de partir au bon moment, mais elle va finir par tout rater à force. Après ma diversion, les bravos, soulagement, ah ! comme c'est joli, ça rime bien avec le dessert. Et on était re-gais, comme si rien ne s'était passé. Moi je suis certaine que c'est du livre de maman dont elle parlait. Mais quoi, il le lui aurait piqué, papa ? Il aurait fait comme si c'était le sien ? Bon, je déraille, je suis kaput.

Suzanne, elle, est repartie toute seule. Sa vie est naze. Elle n'a jamais rien mis dedans sauf son job qui n'a pas l'air marrant. Une sauce sans sel, un lit sans mec, un ventre sans bébé, et même pas de grands voyages ni de danses endiablées. Une vie pour rien, t'en penses quoi, toi ? Pourtant, je l'aime bien cette tante. Quand je l'ai embrassée, elle s'est si vite retournée que ses cheveux m'ont giflée ! Pour me demander de quoi tu te mêles, peut-être ? Justement, je ne veux pas que tout s'emmêle ! C'est bien assez compliqué comme ça.

Ouf que ça se soit bien terminé. Avec papa j'ai toujours peur. J'espère que la question ne va pas revenir sur le tapis. Tu as vu comme il est beau ce poème ? Je me le récite quelquefois pour m'endormir. Bonne nuit, mon confident indispensable que j'aime plus que tout au monde à part maman, papa, Louise et grand-mère ! Et des milliers de cœurs pour te tenir compagnie.

Annette, 1944

Ah ! Qu'il doit être doux et troublant
L'instant du premier rendez-vous
Où le cœur de battre solitaire
S'envole en frissonnant vers le mystère.

Annette sentait son cœur cogner. Elle continuait à chanter le dernier succès de Danielle Darrieux, mais ce n'était plus qu'un murmure. Sous sa chemise blanche, sa peau était soudain devenue moite, elle hésitait à pédaler plus vite pour ne pas s'arrêter devant l'officier qui lui barrait la route. À l'intérieur du klaxon, était dissimulé un papier froissé dont elle était la messagère. Devant l'homme en uniforme, elle posa le pied à terre. Elle craignait que le tremblement de ses doigts ne la trahisse.

Elle sortit son attestation, qu'il regarda attentivement, et il releva la tête vers cette ravissante Française au regard froncé.

« Mademoiselle, vous allez où ? Vous venez d'où ? »

Elle aurait voulu lui envoyer à la figure qu'elle venait de chez elle, qu'elle était dans son pays et que ce serait plutôt à lui de dire ce qu'il faisait là. Elle répondit à l'Allemand, mot pour mot, ce qu'on lui avait appris. Il lui rendit son attestation, elle remarqua ses yeux verts et brillants. Il ressemblait à un ange. Il avait l'air aussi perdu qu'elle. Soudain Annette se sentit fondre, sans comprendre pourquoi. Elle descendit de son vélo en se cramponnant au guidon pour ne pas tomber.

Tout s'emmêlait, elle avait envie de reprendre sa chanson et en même temps, elle ne pouvait plus dire un mot. Comment s'avouer qu'elle désirait plus que tout rester près de lui. Elle se sentait pâlotte et se mordit les lèvres pour les rosir. Ils se tenaient face à face depuis plusieurs minutes, incapables de se détacher de l'instant. Cette donzelle aux manches retroussées avait fait perdre au soldat allemand ses quelques rudiments de français. Il n'arrivait pas à parler, les mots s'embrouillaient. Il était pris du même vertige qu'elle. Il bredouilla en s'essuyant le visage. Prenant un air dégagé, il inspecta la bicyclette rouge en tournant maladroitement autour. Sans raison, il pensait à sa mère, il revoyait son visage en larmes quand il avait dû partir au front.

Ils étaient l'un et l'autre figés autour du vélo qui n'en pouvait plus de rougir. Pointés du doigt par les rayons accablants du soleil. Leurs ombres se dessinaient dans le champ de tournesols qui leur tournaient le dos pour ne pas voir. Hans ne pouvait se résoudre à laisser filer cette étoile. Annette regardait ailleurs, elle réussit la première à se dégager de ces minutes emplies d'impossibles promesses. Les femmes sont plus fortes pour réagir. Son cœur cognait dans sa poitrine quand, d'une voix tremblante, elle lui demanda la permission de s'en aller. Pour partir où, elle ne savait plus. Elle avait perdu son chemin. C'était pendant la guerre, en 1944, un simple contrôle de papiers d'une Française qui chantait sur son vélo.

Plus rien ne serait jamais comme avant.

Jeanne à son journal

Hier soir, après le dîner j'ai laissé les parents affairés sur leurs portables comme deux ados. Papa, il est devenu accro à Instagram, il suit des gens qu'il ne connaît même pas ! Pendant que maman, elle, téléphonait à son frère. Je pars me coucher, ils ne me calculent pas, et en passant dans le couloir, je vois posé sur la console ce cahier qui sortait de la sacoche de papa. J'ai pas réfléchi, je l'ai piqué. C'est vrai quoi, j'avais trop envie de savoir ce qu'elle écrit, maman. J'ai bien fermé ma porte, je me suis glissée sous mes draps. J'avais l'impression que c'était pas bien, que j'avais pas le droit, mais en même temps ce cahier, il me tendait les bras avec ses spirales qui tournaient en rond ! Et puis, j'avais envie de savoir où maman se cachait depuis des mois. J'ai commencé à lire, ça m'ennuyait un peu et sans que je m'en rende compte, c'est devenu plus qu'un livre, c'était… D'abord, y'a eu comme une odeur de fleur. J'ai eu envie de fermer les yeux, de sentir ce parfum qui me rappelait quelque chose. Et là, tu le croiras jamais…

Autour de mon lit, il y avait mon arrière-arrière-grand-mère, je ne sais même pas comment, mais je savais que c'était elle ! Il y avait aussi plein d'autres femmes. C'étaient ses sœurs, sa mère, je ne les avais jamais vues, mais je savais qui elles étaient. Elles étaient installées autour de mon lit, on aurait dit que c'était normal, elles étaient là. Elles parlaient toutes en même temps, et riaient de voir que je ne comprenais rien à ce qu'elles racontaient. Par bribes, j'entendais que j'étais trop jeune, mais non, disait une autre habillée en blanc dont la taille était si fine qu'avec mes mains j'aurais pu en faire le tour, voyons, ma chère, elle est bien assez mûre. Elles papotaient et jacassaient comme si j'étais pas là. Je sentais qu'elles cachaient des choses, j'avais l'impression de compter pour du beurre, tout d'un coup ça m'a énervée. Je suis grande, je leur ai dit, j'ai le droit de savoir. Elles ont eu l'air étonnées de mon coup de gueule, « Oh, mais quelle coquine, mazette, elle a un de ces caractères ! », et certaines d'entre elles se sont dissimulées derrière leur mains avec des petits cris mi-outrés, mi-taquins. Et puis, elles ont commencé à s'adresser à moi. Oui vraiment, comme je te parle là.

Il y en avait une qui voulait me raconter son accouchement, sa souffrance et sa joie sans nom lorsqu'elle avait pris son enfant contre elle. Tandis que celle qui s'était installée au bout de mon lit ne parlait que de repas enchanteurs, en fronçant son long nez comme si elle voulait retrouver leurs arômes. Elle décrivait si bien les nappes brodées, les bougeoirs en argent et le riz au lait encore tiède que je m'en léchais les babines. Comme si elles ne s'écoutaient pas les unes les autres, elles passaient du coq à l'âne, d'une communion à un baiser, d'une dispute à une balade en calèche. J'entendais parler d'âme sœur, de guilledou, de mirliflore, d'emberlificotage, de margouillis. Je ne comprenais rien ! On sautait les années comme les idées, c'était gai et fascinant. Elles jouaient à la chandelle, à colin-maillard, puis revenaient vers moi avec leurs jolies robes. J'essayais de tout voir, de tout enregistrer pour ne rien oublier. Comme une succession de moments de vie qui n'avaient en apparence aucun rapport. Mais j'ai bien dit en apparence car, tu vois, je sentais que tout était lié et que c'était aussi pour ça que je me retrouvais parmi elles à cet instant. Le temps n'existait plus.

Elles me faisaient rire, j'étais trop bien parmi elles, et puis tout d'un coup, ça a changé de lumière et d'odeur, un parfum de violette si bon, si fort, là, tout près de moi, et il y en a une qui s'est faufilée entre les autres, elle s'est assise sur mon lit, et j'ai reconnu mon arrière-grand-mère. Oui, je te jure, c'était bonne-maman, Annette ! Mais là, c'était une jeune fille aux cheveux bouclés avec une bouche toute rose et des yeux très noirs. Tu te rends compte ? Elle en jeune ! Elle s'est approchée, j'ai cru qu'elle voulait m'embrasser.

Au début, je ne comprenais rien de ce qu'elle me racontait, c'était difficile de l'écouter. Et puis j'ai tendu l'oreille au moment où elle a parlé de son mariage, en me disant qu'elle n'avait pas assez réfléchi avant de dire oui. Mais elle craignait plus que tout de rester vieille fille. Dans le temps, c'était juste ça qui comptait, se marier et avoir des enfants. Moi, j'ai beaucoup d'autres projets, heureusement ! Bon, elle était si près que j'osais plus la regarder, j'ai dû fermer les yeux et, à ce moment-là, j'ai pu mieux me concentrer sur ses paroles. Elle avait épousé ce beau baron, elle n'était pas heureuse, ni malheureuse non plus. Elle disait que quand on a trouvé un mari, on ne peut pas se plaindre.

Elle a précisé que ce n'était pas son genre d'être triste. Elle venait d'avoir vingt ans et elle attendait tout de la vie. Surtout, elle voulait un bébé, ça, elle y pensait sans arrêt. Elle avait tellement aimé jouer à la poupée ! Elle s'était forcée un peu pour faire la « chose » le plus souvent possible, en espérant que la cigogne arrive. Je ne suis plus une gamine, on peut dire faire l'amour, ça ne me choque pas ! Bon, en tout cas, ça ne lui plaisait pas trop de faire ça, et là j'ai entendu une des dames s'esclaffer : « Mais, ma fille, vous n'aviez pourtant qu'à ouvrir les jambes ! » Je riais intérieurement pour pas les vexer, d'ailleurs c'était bizarre de l'imaginer comme ça. Un peu dégoûtant quand même ! Annette parlait très doucement, fallait que je me concentre. Elle m'a raconté les saisons qui passaient, et le sang chaque mois qui la rendait si triste.

Mais avec son tempérament optimiste, elle arrivait à profiter de tas d'autres choses dans sa jolie maison du Pays basque. Les promenades avec sa belle-mère, les chocolats chauds devant le feu de bois, les livres de Colette qu'elle adorait, et les ronronnements de son chat tout doux. À cette époque, on avait une bonne qui faisait tout ce qui était ennuyeux, comme les repas et le repassage ! Sa mère était restée à Paris et lui manquait horriblement. Elles s'écrivaient de longues lettres où elles parlaient de tout ce qui leur passait par la tête, du temps qu'il faisait, des dîners mondains, des derniers potins. Sa mère avait dû arrêter de travailler, elle organisait des voyages à l'étranger mais cette satanée guerre qui venait d'éclater bloquait tout. Quand Annette lui mentionnait qu'il n'y avait toujours pas de bébé en vue, ça n'avait pas l'air de la contrarier. Odette n'avait eu qu'elle et trouvait ça bien suffisant.

Les autres dames s'étaient tues. J'écoutais de toutes mes forces. Annette m'expliquait que son époux était entré dans la Résistance, et qu'elle profitait de chaque instant avec lui, sachant qu'un malheur pouvait arriver à n'importe quel moment. Elle lisait tout ce qui lui tombait entre les mains pour tromper ses angoisses. « Avant de tromper son mari », souffla une voix nasillarde juste derrière moi !

Jeanne à son journal

Quand je me suis penchée pour savoir qui avait dit ça, Annette s'était un peu éloignée de moi. Je la voyais mieux, un peu en transparence comme quand on se reflète dans une vitre, tu comprends ce que je veux dire ? Elle ne ressemblait pas, mais alors pas du tout, à l'arrière-grand-mère que j'ai connue. Ses joues étaient toutes rondes, et ses yeux comme des marrons chauds. Elle était très belle. Je te le jure, c'était elle. Elle ressemblait à la Vierge et pourtant elle disait qu'elle n'avait jamais cru en Dieu, mais quand même, parce qu'on ne sait jamais, qu'elle le priait tous les soirs pour tomber enceinte et aussi pour que sa mère ne meure pas. Puis, elle a posé ses mains près des miennes.

C'était pour me raconter ce jour où tout s'était emballé. Son mari lui avait donné une mission très importante. Un papier plein d'informations secrètes à déposer à quinze kilomètres de là. Elle était fière et s'était sentie importante. Elle avait peur aussi, mais elle faisait confiance à la vie, à son destin. Partie à vélo à toute berzingue, elle m'a décrit les champs humides et les pavés glissants. Elle était tombée et s'était écorché le genou, mais elle était remontée sur sa selle, avait continué à pédaler sans geindre, de toute façon ça ne servait à rien de se plaindre, puisqu'elle était seule. Alors, pour se donner du courage, elle s'était mise à chantonner « Qu'il doit être doux et troublant, l'instant du premier rendez-vous… ».

Elle a commencé à avoir faim, s'est arrêtée pour croquer un quignon de pain. Elle a bu un peu d'eau à sa gourde puis elle est repartie en chantant de plus belle. La route était longue, sa voix claire me berçait. Et là tout est allé trop vite, j'ai juste eu le temps de comprendre qu'un soldat allemand a voulu la contrôler, et qu'elle a eu vraiment très peur. Son sang s'est glacé, elle bégayait. Et en une seconde, son cœur l'a tellement secouée qu'elle a eu le pressentiment que sa vie allait être chamboulée. Un regard, tu te rends compte, un seul regard et tous les édifices se sont effondrés. Elle me chuchote à l'oreille : « Tu verras, ce moment-là, on le reconnaît toujours, on se sent transporté dans un autre monde. C'était comme si tout s'accordait. Pourtant, pour moi ça ne pouvait pas être pire ! Tu te rends compte, un Allemand ! Il a fait le tour de ma bicyclette, je ne pouvais m'empêcher de le détailler, j'essayais de respirer son odeur, il était très grand et ses yeux en amande se plissaient doucement quand il essayait de me parler en français. Son accent, sa voix, c'était extraordinaire, je me sentais envoûtée, cela ne m'était jamais arrivé. »

Leurs corps se sont frôlés, le ciel immense les enrobait. « Tout est en règle, mademoiselle », il n'avait pas vu le papier glissé dans le klaxon. Elle est remontée à contrecœur sur son vélo, elle aurait voulu qu'il l'en empêche. Mais elle devait remplir sa mission. Il l'a regardée partir, intrigué par les volants qu'elle avait accrochés à ses cheveux.

Elle a remis en mains propres les papiers qui donnaient le lieu et l'heure d'un attentat, et elle a pris le chemin du retour le plus vite possible. Plus rien n'existait à part cette chaleur qui envahissait son corps. Elle n'avait plus qu'un seul désir, le retrouver. Ce bel ennemi. « Ceux qui n'ont pas connu cette déflagration ne savent rien de la vie. Tu verras, ma chérie, rien d'autre n'a d'importance. L'unique chose que nous emportons d'ici-bas, c'est l'amour. Ne l'oublie surtout pas. » Pendant des semaines elle l'a cherché. Elle ne pouvait plus rien avaler, elle ne pensait qu'à lui. Pourtant, Annette savait ce qu'elle risquait.

Et puis, un beau jour, elle l'a enfin retrouvé au bord du même chemin. Il semblait l'attendre. Ils sont allés s'abriter sous un saule pleureur, près d'un ruisseau. C'est elle qui a pris son cou, il s'est penché pour la respirer. En posant ses mains sur ses épaules, il savait qu'il l'aimait. Et tu sais quoi, petit journal ? J'ai entendu leurs habits se froisser. Ils sont tombés sur la terre humide et se sont envolés très loin, je crois. Il n'y avait plus que le bruit de l'eau sur les cailloux. Tout était flou. Comme le regard d'Annette qui s'évaporait.

Et là, j'ai senti mon corps brûlant de fièvre. Quelques murmures et tout s'est tu. J'avais chaud, j'ai repoussé les draps et j'ai eu envie d'appeler maman. J'étais dans mon lit en pagaille. J'ai attrapé mon verre d'eau, je mourais de soif et, peu à peu, j'ai retrouvé mes esprits. Je me suis souvenue de la fin de l'histoire. Annette a revu l'officier une dizaine de fois. Un jour, il n'est pas venu au rendez-vous. Elle ne l'a plus jamais revu, et n'a jamais su ce qu'il était devenu.

Et pendant neuf mois, plus de ragnagnas ! Sa fille aînée, France, est née en mai 1945, juste pour célébrer la fin de la guerre. Les grands-mères penchées sur le berceau étaient en extase devant les boucles blondes. Heureusement que personne, à commencer par son mari, n'a jamais su la vérité. Ce qu'on faisait à celles qui avaient couché avec un Boche, c'était presque pire que la mort.

J'ai regardé autour de moi, elles étaient toutes reparties. J'étais seule dans ma chambre au milieu de tous ces secrets déballés. C'est une histoire triste et gaie à la fois, tu ne trouves pas ? Après ça, j'étais épuisée et je me suis endormie sans m'en rendre compte, tout habillée ! Ce matin j'ai bien remis le cahier là où il était. Maintenant, moi aussi, je connais le secret.

Ça fait tout drôle, je sens encore la présence de mes arrière-grands-mères, c'est comme si elles étaient avec moi. Mais je dois y aller, sinon je vais rater mon bus ! C'est complètement fou non ? J'espère que tu me crois, mon cher journal.

Face à la mort

Un point rouge. Dans ce parc de quarante-cinq hectares en plein Paris, Camille marche au milieu des soixante-quinze mille tombes, elle tente de ne pas glisser sur les pavés humides. De grandes allées bordées de marronniers ou de lilas succèdent aux ruelles sinueuses qui entourent des tombeaux superbes et d'autres abandonnés. À part ceux de l'au-delà, il n'y a pas grand monde au Père-Lachaise, la météo en a dissuadé plus d'un. Froid et verglas, risque d'averses. Camille prépare sa prochaine visite. Elle regarde son plan pour ne pas se perdre.

Musset l'a accueillie près de l'entrée principale. Il est beau, tout en marbre, et sa sœur est enterrée juste à côté. Dans son épitaphe, il avait demandé qu'on plante un saule derrière sa tombe, un arbrisseau épuisé y pousse difficilement. Camille s'est ensuite dirigée vers le monument qui clôt l'immense allée. Le sculpteur Bartholomé y a érigé un groupe d'hommes et de femmes qui incarnent l'humanité face à la mort. La peur, la douleur, mais aussi la lumière et l'espoir. Comme une méditation qui la fascine, Camille contemple le couple nu, sculpté de dos, qui passe la porte les menant vers l'autre monde. La femme caresse l'épaule de celui qu'elle aime, et semble confiante alors qu'il hésite à franchir le pas. Tant d'amour évoqué dans ce geste. Tous ces corps qui entourent le couple de leurs supplications silencieuses. Une petite fille avec les poings serrés qui semble prier et une autre effondrée sur le sol pour ne rien voir. Autant d'attitudes face à la mort. Ces corps sont expressifs, si vivants. Un instant, Camille a l'impression de faire partie de cette œuvre.

Elle repart pour continuer ses recherches. Tiens, le corps de Félix Faure, sculpté sur sa tombe, il semble plus endormi que mort. Il était à l'Élysée, dans les bras d'une femme de petite vertu quand c'est arrivé, ça fit un scandale. Camille s'éloigne en se faufilant à travers les sépultures. Voilà Colette, celle qui exprimait mieux que personne la vie, et qui disait que la mort ne l'intéressait pas. Elle détestait en parler et s'en serait bien passée. Sa tombe reflète ce manque d'intérêt et ne mérite pas qu'on s'y attarde, mieux vaut relire *Claudine* !

Camille s'arrête régulièrement, se penche sur une inscription originale ou s'approche d'une sculpture émouvante. Quelques mausolées énormes, celui de la famille Menier, les célèbres chocolatiers, et celui du duc de Morny. Ce demi-frère de Napoléon III était le fils adultérin d'Hortense de Beauharnais et le petit-fils naturel de Talleyrand. Deux fois illégitime ! Pas loin, il y a la tombe de Delacroix, ce peintre du romantisme qui, lui, eut ce même Talleyrand comme père biologique. Un évêque prolifique ! Camille a une pensée pour tous ces enfants naturels dispersés dans la nature.

Elle croise Nerval, Balzac et des feuilles mortes s'envolent sous le souffle du vent. Elle enfonce son bonnet sur ses oreilles et accélère le pas.

Un groupe de jeunes gens en noir sont agenouillés devant le buste d'Allan Kardec, le philosophe fondateur du spiritisme. Que les médiums puissent communiquer avec les défunts a toujours passionné Camille. Elle se souvient de ces réunions où, adolescente, elle invoquait les esprits. C'est drôle, en écrivant son roman, elle avait complètement oublié qu'il y a longtemps, elle avait déjà essayé de parler à ses aïeules. Il leur en a fallu du temps pour qu'elles lui répondent, à l'époque les tables étaient restées de marbre.

Voici Apollinaire et ses mots si beaux. Lui qui aurait voulu mourir à la guerre en héros et que la grippe espagnole a emporté en 1918.

J'ai cueilli ce brin de bruyère
L'automne est morte souviens-t'en
Nous ne nous verrons plus sur terre
Odeur du temps brin de bruyère
Et souviens-toi que je t'attends.

Les allées s'obscurcissent, il n'est pourtant que quatre heures. Camille dit tout haut ces vers immortels.

Une femme s'esquive et quitte comme à regret la tombe de Victor Noir. Ce journaliste tombé lors d'un duel à vingt et un ans est immortalisé par une statue très réaliste. Sous son pantalon, une partie enflée a perdu ses couleurs à force d'avoir été caressée ou chevauchée, car s'y frotter favoriserait la fertilité. Tant de croyances liées aux défunts et qui rassurent les vivants. Tant d'interrogations aussi.

Camille se sent sereine en parcourant ce dédale silencieux. Elle prend des notes, effectue des recherches sur son portable, retient les noms des allées. Elle ne voudrait pas se perdre le jour où elle devra y guider son groupe. Voilà l'allée des maréchaux, avec des sépultures immenses décorées par des bas-reliefs représentant leurs vies et leurs batailles. Elle se glisse entre les caveaux pour voir ceux qui sont à l'arrière-plan. Elle s'accroche aux barrières ornées de fleurs de pavot pour ne pas glisser sur les pierres tombales. Elle revient sur ses pas, court et s'impatiente.

Enfin, elle trouve la tombe qu'elle cherchait. Sans fleurs ni épitaphe, celle de Sarah Bernhardt. Lorsqu'elle était toute petite, Annette avait passé un été avec sa mère à Belle-Île. À l'époque, on mettait presque deux jours pour y arriver. Camille entend encore sa grand-mère : « Et figure-toi que maman avait réussi à la rencontrer. Sarah Bernhardt l'avait invitée à déjeuner dans son fort des Poulains. Elle était déjà très vieille et venait de se faire faire un lifting. C'était une des premières à avoir osé. Avant la fin du repas, la grande actrice s'était retirée en bâillant exagérément. Comme chaque jour, la diva allait s'allonger dans son cercueil en bois de rose capitonné de satin blanc, et tous les quarts d'heure, elle hurlait pour que tout le monde l'entende : "Je fais ma sieste, je dors !" Oh, si tu savais le nombre de fois où maman m'a raconté cette histoire ! Tous les hommes à l'époque étaient fous d'elle. Elle avait eu des tas d'amants, parmi lesquels Victor Hugo. Mais aucun ne réussit à la combler. Elle aimait répéter : Je cherche le complément direct et je ne trouve que des compléments indirects. »

Il commence à faire nuit, Camille quitte à regret la grande tragédienne. Elle passe devant Molière et La Fontaine, voisins de tombeaux scellés pour toujours. Le cimetière va bientôt fermer, elle court avec son manteau rouge qui clignote entre les allées sombres. Avant de partir, elle s'approche de deux tombes abritées sous un auvent de pierre. Héloïse et Abélard, réunis pour l'éternité. Leur passion interdite s'est exprimée dans des lettres magnifiques. Cet amour au fil des mots a traversé le temps. Lorsque Héloïse s'éteignit en 1164, vingt ans après lui, on la déposa dans le tombeau d'Abélard, c'était sa dernière volonté. Et on raconte qu'Abélard, mort depuis tant d'années, tendit ses bras pour la serrer contre lui et la tenir embrassée à jamais.

Camille voudrait toucher la pierre de leurs statues endormies, mais la barrière qui les entoure l'en empêche. Soudain, elle grelotte, range son cahier dans son sac à dos et ses mains dans ses poches. Elle se dirige vers la sortie et espère qu'elle n'a pas attrapé la mort, il fait vraiment trop froid.

Mater certissima

Depuis quelques jours, Raphaël se sent d'humeur guillerette, il se rase en chantonnant *Perfect Day.* La veille, il avait fait une balade avec Camille le long des quais. Le Pont des Arts flottait entre le ciel et l'eau. Paris resplendissait sous un soleil glacial. Ils ont parlé de tout et de rien et même d'un petit dernier, oui pourquoi pas. Des promesses dansaient autour d'eux. Il était à nouveau amoureux et il admirait les cheveux de sa femme, plus clairs que jamais. Quand ils sont passés devant Notre-Dame, il a prié pour que sa joie demeure. Le soir, il s'est endormi serré contre Camille, ce qui n'était pas arrivé depuis des lustres.

En arrivant au journal, Raphaël est content. L'interview de Dylan est sortie la semaine dernière sur une double page, il avait réussi à lui faire parler de l'essentiel. Cet entretien était un feu d'artifice de pensées et de rythme. Une des réponses du chanteur l'a particulièrement marqué : « Je ne crois pas que tout soit dit ici-bas. Cette vie-ci n'est rien. Vous ne me convaincrez pas qu'il n'y a rien d'autre. Je crois à l'Apocalypse. J'ai toujours pensé qu'il y avait un pouvoir suprême, qu'il y a un monde à venir, qu'aucune âme n'est morte, que toutes sont vivantes. » Il avait enchaîné en fredonnant un couplet de sa dernière chanson :

J'ai marché au milieu de nulle part,
Tentant d'atteindre le paradis avant que les portes ne soient closes

Ce génie l'a subjugué, aucun autre artiste ne pourra autant l'émouvoir.

Depuis deux heures, Raphaël est plongé dans le livre de Camille. Il fait craquer ses doigts, un tic ressurgi de sa jeunesse dont le crépitement, en libérant de l'air dans ses tissus, allège ses pensées. Devant son bureau en pagaille, où les feuilles raturées et les tasses de café se regardent en chiens de faïence, Raphaël est étonné. Il se retrouve, une fois encore, piégé par les mots de son épouse. Ce roman lui donne la sensation de palper des âmes. Il voyage dans une autre dimension. Il aurait aimé vivre au siècle dernier pour séduire ces femmes libres et mystérieuses. Ces guerrières du passé qui savaient mener les hommes par le bout du nez.

Raphaël souhaite enlever quelques passages. Entre autres, ceux concernant les avortements, c'est trop désagréable. Il se demande comment sa femme a pu écrire ça. Il efface aussi les phrases fades qui enlisent le récit. Il veut que le lecteur plonge directement au cœur de ces destins croisés. Il supprime les points d'exclamation et traque les répétitions. Il raye ce qui le heurte. Et il ajoute des passages ici ou là. Ce faisant, il s'approprie le livre de sa femme, c'est de bonne guerre.

Cent ans qui défilent à travers trois générations. Il dissémine un peu d'histoire de France pour mettre les événements en perspective. Ces femmes ont connu tant de périodes passionnantes. Il dépeint la Belle Époque, les tranchées de 14-18, les Années folles, la montée des idéologies, la « drôle de guerre », pour finir au début des Trente Glorieuses. Le livre se termine dans les années 1960, au moment de la naissance de la mère de Camille. C'est curieux qu'elle l'ait choisie comme mot de la fin.

Il pense à l'éternel retour. Ce livre en serait comme un maillon. Des situations qui se reproduisent à l'identique, des filiations, des répercussions qui, ainsi que les saisons, reviennent sans cesse. Des vies qui se succèdent en se chevauchant à l'infini. Raphaël referme le cahier pour réfléchir.

Il ne sait pas quoi penser de cette trahison qui se renouvelle de génération en génération. Une faute en série. Ces trois femmes dont il est question ont chacune le même secret. Cet étrange héritage met Raphaël mal à l'aise. Un vieil adage du droit romain lui revient en tête : « *Mater certissima, pater semper incertus.* » Si la mère est très certaine, le père est toujours incertain. Jamais auparavant il n'y avait vraiment songé, pourtant ça tombe sous le sens. Pauvres hommes !

Il replonge dans le destin de ces personnages féminins qui le désarçonnent. Henriette d'abord, une maîtresse femme qui n'en faisait qu'à sa tête. Elle a épousé un notable de Narbonne à qui elle a donné des jumelles pour ensuite tomber folle amoureuse d'un ami de son mari, un artiste espagnol qui fut le père biologique de sa troisième fille, la petite Odette. Personne n'a su. Enfin, presque !

Quelques phrases perdues dans l'air et attrapées au vol ont permis d'ajouter un air de flamenco à leur existence. Ce fantôme hispanique hante ses descendants.

Ensuite, en digne fille de sa mère, Odette fut engrossée par un blessé de 14-18 dont il ne reste, à part la progéniture, qu'une carte postale dessinée par lui. La réputation d'Odette fut sauve grâce à un poète qui, chanceux de n'être pas mort au combat, épousa précipitamment cette jeune beauté dont il feignit d'ignorer l'état.

Et là, rebelote ! Cette Annette qui naquit en 1919 tomba enceinte de sa première fille en 1944, évidemment pas des ardeurs de son mari, le baron de Fourneville, mais de celles d'un soldat allemand. Elle eut la chance de voir se perpétuer les yeux noirs de sa lignée maternelle, laissant les iris turquoise et l'hérédité aryenne se dissiper pour endormir les soupçons.

Dans un premier temps, Raphaël avait souri de toutes ces trahisons. Il s'était fait la réflexion que les seuls arbres généalogiques fiables sont ceux qui se déploient à travers les femmes, unique façon d'être sûr de nos origines. Mais après coup, il s'apitoie sur ces pauvres maris qui se croyaient infaillibles et qui n'ont jamais su l'amère vérité. Des cocus dérisoires ! Que dire de ces pères biologiques qui n'ont pas connu leurs descendants, la chair de leur sang ? Ces femmes adorées n'étaient que des mirages. Sous les jupes légères, le monde ne tournait pas très rond. Raphaël s'étonne que tout cela semble naturel, ou presque, à Camille. Elle a quand même une drôle d'ascendance.

Ne pas savoir d'où l'on vient, est-ce un problème ? Lui ne s'est jamais trouvé la moindre ressemblance avec son père. Ce père effacé, mais qui fut son seul soutien face au courroux de sa mère. Penser à son enfance le plombe. Dans une de ses réponses, Dylan lui avait confié ne plus se souvenir d'avoir été un enfant, qu'il n'était pas sûr que ce qui lui était arrivé hier soit véridique. Pour Raphaël, c'est le contraire, il se souvient trop de tout.

Il se lève et regarde à travers la fenêtre. Dans l'immeuble en face un homme ferme ses volets.

« *Mater certissima, pater semper incertus.* »

Suspicion

Ne me quitte pas
Il faut oublier
Tout peut s'oublier
Qui s'enfuit déjà
Oublier le temps
Des malentendus
Et le temps perdu

Décembre agite ses boules de Noël et fait miroiter ses vitrines enguirlandées. Camille patauge, elle se sent happée dans un trou noir. Elle a dû annuler la visite au Père-Lachaise « pour cause d'intempéries ». Dommage, elle l'avait bien préparée et quinze personnes étaient inscrites. Son livre est quasiment terminé, mais elle n'en voit pas le bout. Elle n'arrive plus à écrire, elle hiberne. Tout se rétrécit comme si cette fin d'année n'était qu'un sursis.

Ses filles se passent très bien d'elle, sa mère est toujours en voyage, ses amies débordées et Raphaël, lui, rentre chaque jour plus tard. Elle sent un vide, comme une aspiration vers le bas, une angoisse déchirante. Une pression qui l'empêche de respirer. Plus assez d'air, elle ouvre la bouche comme un poisson hors de l'eau et dans son ventre, ça palpite et ça se serre. Comme une envie de tout balancer et de s'enfuir. Enfin, si elle se laissait aller, car bien sûr, elle fait comme si de rien n'était.

Pourtant, ce matin, Camille se sent rongée par un autre monstre à tentacules qu'elle connaît bien. Il a suffi d'une suspicion, d'un rêve pas digéré pour qu'une jalousie soudaine se rajoute à son mal-être. Une déflagration qui explose en mille scénarios. Des pensées pitoyables qui s'enchevêtrent comme des serpents en plein accouplement. Des idées sombres qui l'assaillent. Elle guette le drame.

Chaque fois qu'elle rejoignait ses aïeules, elle quittait le réel et fuyait ses idées noires. En laissant son livre de côté, elle se sent à nouveau perdue. Elle a l'impression d'avoir brusquement atterri. Raphaël lui a promis de l'aider à terminer son récit. Mais elle déteste l'idée d'y mettre un terme, un point final. Toute sa vie, elle n'a fait que passer à la ligne. À la ligne de quoi ? Une velléitaire, une intermittente, la seule chose qu'elle a réussie, ce sont ses filles. Grâce à lui. Seule elle ne vaut rien. Elle n'arrive même plus à écrire. Et Raphaël est si peu là, au moment où elle a tant besoin de lui. Ses absences lui font soupçonner le pire.

Camille va mettre de l'eau à bouillir, une boisson chaude pour apaiser ses craintes. Assise dans sa cuisine, ça va un peu mieux. C'est sa pièce préférée, là où elle chantonne, mitonne, façonne ses récits. Là où elle lave la vaisselle en regardant un bout du ciel par la fenêtre. Aujourd'hui elle ne veut pas voir ce qui se passe dehors, des images insolentes défilent sous ses yeux. Elle imagine son mari pressé contre une autre, il chuchote sur un ventre doux, il serre une main, un cou, des seins, il danse loin d'elle, sur un air inconnu. À la fois outragée et révoltée, elle sent une sorte d'excitation qui réveille son corps. Un pincement qui se resserre au creux d'elle et qui l'oblige à scruter encore plus les détails, à s'arrêter sur les fesses, les aisselles, les oreilles de cette étrangère sans visage qu'elle invente de toutes pièces. Qu'elle devine. C'est un jeu captivant qui lui crève le cœur et l'exalte à la fois. Qui l'envahit comme une fièvre, sans crier gare. Une grande roue qui l'emporte dans tous les sens, interdits ou pas. Elle se fiche bien de savoir pourquoi, c'est indépendant de sa volonté. La jalousie. Une émotion torturante, délirante, dévastatrice, et qui vient de si loin.

L'envie de tuer cette rivale. Elle doit demander à Raphaël de revenir, elle lui pardonne, elle l'aime à mourir, elle veut sa peau, ses mains, il lui appartient. Le sifflement de la bouilloire la fait sursauter. Elle se lève et verse l'eau sur un sachet de thé. Elle réalise combien elle l'aime. Malgré les tempêtes qu'il lui fait subir, elle ne supporte pas l'idée de le perdre. La gorgée qu'elle avale lui brûle la gorge et atténue son courroux.

Je creuserai la terre
Jusqu'après ma mort
Pour couvrir ton corps
D'or et de lumière
Ne me quitte pas
Ne me quitte pas...

Il ne peut pas la quitter, elle doit le retrouver, le supplier. Elle le hait et l'adore. Même violent, hirsute, mal rasé, essoufflé. Il fait partie d'elle.

Ils se sont éloignés l'un de l'autre sans y prendre garde, à petits pas, cahin-caha. Elle déteste ses colères, ses changements d'humeur, sa violence. Lui, il l'accuse de tant de maux, de mesquinerie, d'arrogance. Ils se voient à travers des miroirs déformants, ou alors ce sont les années et l'habitude qui ont changé leurs regards. En l'imaginant dans les bras d'une autre, son sang n'a fait qu'un tour et, comme une lionne, elle se sent prête à tout pour le garder. Elle pose sa tasse, il est deux heures de l'après-midi, une heure triste à mourir. La journée entamée, à demi terminée, encore loin de la nuit qui tombe.

La sonnerie *étoile filante* de son portable la fait sursauter. Un texto. « Je rentre vers 22 heures, on est charrette. Je t'aime. ♡ » Que croire ? Peut-être est-il planqué dans une salle de bains, écrivant en toute hâte sur son clavier. Encore une image qu'elle chasse en allant se vautrer sur le lit.

Il est quatre heures, incroyable, elle a dormi tout ce temps. Sa fille aînée va bientôt arriver. Camille relit le « je t'aime » suivi d'un cœur rouge, c'est devenu sa signature quand il n'est pas fâché. À force, ça ne veut plus rien dire, les mots peuvent perdre leurs couleurs. Il s'en sert aussi pour ses filles et ses amis. Des « je t'aime » à cœur rouge qui éclaboussent ses sms. En tapant ces sept lettres, il comble des points de suspension. Des mots qu'il n'arrive pas à dire, substitués par ces tapotements. Comme des petites claques dans le dos. Une consolation éphémère.

Je t'aime. C'est tout haut que je veux que tu me le cries, me le hurles. Mais pas comme on copie-colle, sans autre intention que de clore un message.

Camille allume la radio et va dans sa salle de bains en béton ciré, c'est comme une caresse chaque fois qu'elle y pénètre. Elle écoute le flash info avec son lot de mauvaises nouvelles. Puis, sans transition, le journaliste enchaîne : « Maintenant, voici en avant-première le tout nouveau morceau de Grand Corps Malade, en duo avec Camille Lellouche… »

Elle ouvre le robinet et s'asperge le visage d'eau froide. La voix du chanteur remplit l'espace :

Mais je t'aime je t'aime…
Si tu doutes, ne t'accroche pas si fort
Si ça te coûte, ne me laisse pas te quitter…

Dans la glace, elle tapote ses yeux enflés. Elle inspire lentement en retenant son souffle comme au yoga, et se regarde à nouveau pour voir si elle arrive à sourire.

La fuite en avant

Raphaël sait qu'il n'a pas de temps à perdre. Il jette un œil sur son réveil et se tourne vers sa femme. Elle dort. La fuite en avant est enclenchée. Il doit agir, foncer. Certaines occasions ne se reproduiront pas, il est déjà passé à côté tant de fois. Il se lève sans faire de bruit et se prépare avec soin.

À mi-chemin, il traverse un square et s'effondre sur un banc. Il regarde le bac à sable si vide d'enfants et trouve cela étrange, un bac à sable qui ne sert à rien. C'est comme un jet d'eau sous la pluie, se dit-il. Il pense à des tas de choses anodines pour n'avoir pas à remettre en question son projet. Peur d'en faire trop ou pas assez ?

C'est le jour J, il a rendez-vous avec une éditrice. Il avait osé parler de son… de ce manuscrit à une collègue qui publie régulièrement des polars. J'aimerais vraiment avoir l'avis d'un pro, lui avait-il confié. Les dés étaient lancés.

La Seine l'accompagne, on ne peut rêver meilleur compagnon de route. Il suit sa courbe, s'étonne de ses reflets bleutés, ses boots cirées chevauchent les pavés en désordre. Il passe sous le Pont de la Cité et s'arrête devant ces visages d'hommes sculptés dans la pierre, chacun avec une expression différente. Il fixe l'un d'eux et lui demande de l'aide. Une prière païenne. Il repart en marchant doucement, essaie de ranger ses pensées. Il pèse le pour et le contre, inspire et gonfle son torse. Une respiration comme une salutation à ce jour qui se réfléchit en mille éclats dans le fleuve. Sous un pont obscur, une bâche grise remue, une tête hirsute en sort et lui lance un coup d'œil tranchant. Aussitôt, un souffle glacial traverse le corps de Raphaël, il accélère pour s'éloigner de ce vagabond de mauvais augure. Il est resté cet enfant qui croit aux dragons, aux sorcières et aux sortilèges. Il est mal amarré, il tangue. Comme certains orphelins abandonnés trop tôt, son équilibre chancelle, il se balance inconsciemment d'avant en arrière. Il trébuche sur une branche pourrie et se met à courir. Peur d'être rattrapé. Par tout, par ses regrets et ses remords, par les années, par ses péchés.

Il remonte l'escalier pour quitter les berges et se retrouver en lieu sûr. Sous sa jolie veste en cachemire, il est en nage et l'odeur de son angoisse l'écœure. Il déteste les auréoles, il a toujours méprisé ceux qui transpirent. Une jeune fille le croise et se retourne sur ce bel homme qui ressemble à un chanteur connu. Il a bien sûr remarqué les yeux bleus et le jean serré de la passante. Il se regonfle comme un coq en rut, et d'un coup la vie redevient belle.

Il suffirait de presque rien,
Peut-être dix années de moins,
Pour que je te dise je t'aime.

Il siffle cet air en ayant soin de marquer un arrêt, on ne sait jamais, si elle osait l'accoster… Comme les enfants qui changent d'humeur pour un rien et qui stoppent net leurs sanglots pour un bonbon promis, Raphaël jongle avec ses émotions et se surprend lui-même. Pour un regard, pour un mot, pour une intonation, il perd ou retrouve le sourire. Si souvent, il s'égare loin de lui.

Il se rapproche de l'île Saint-Louis, et les rues pavées lui remettent les pendules à l'heure. C'est un passionné d'histoire, il aime écouter les vieilles pierres et aucune dynastie royale n'a de secrets pour lui. Il s'arrête un moment devant une façade que surmontent deux portraits gravés dans des médaillons. Héloïse et Abélard habitaient là. Raphaël replonge au cœur de leur passion, il se remémore cet amour fou qui l'avait fait tant rêver.

Il aurait voulu vivre une passion qui dévaste tout, qui dure toujours, et bien plus encore. Entre l'habitude et les désillusions, sa relation avec Camille n'est plus à la hauteur de ses espérances. Pourquoi faut-il toujours qu'il gâche tout ? Au fond de lui, une petite voix lui martèle qu'il ne trouvera jamais sa place, qu'il ne vaut rien. Il ne mérite aucune joie. Comment aimer quand on se méprise ? Il la revoit le jour de leur mariage, elle le faisait craquer, rien qu'en y pensant son ventre soupire. Oui, ça doit ressembler à ça, l'amour.

Il va bientôt arriver à son rendez-vous. Un goût amer remonte dans sa gorge, il peut encore renoncer. Rebrousser chemin, et faire amende honorable. Mais il est trop tard, il se rassure comme il peut, comme il l'a toujours fait. Pas le temps d'avoir des remords, la culpabilité peut attendre. Il suffit de ne pas regarder de côté, de suivre son intuition. Il se recoiffe devant la glace dans l'entrée de l'immeuble. Dans un instant, il rencontrera l'éditrice qui a lu le manuscrit. Sur la première page, il a mis son nom à lui, au-dessus du titre trouvé par Camille. « Un parfum de violettes ». Au téléphone, Marie de Suez lui a fait part de son intérêt.

Parfois des courants vous entraînent au large, il ne faut pas lutter contre. Son cœur bat la chamade et ses genoux tremblent comme quand il était convoqué chez le proviseur de l'école. En ouvrant la porte de l'ascenseur, il sait qu'il est allé trop loin. Trop tard.

Jeanne

Quand notre cœur fait boum
Tout avec lui dit boum
Et c'est l'amour qui s'éveille
Car mon amour est plus vif que l'éclair
Plus léger qu'un oiseau, qu'une abeille
Et s'il fait boum, s'il se met en colère
Il entraîne avec lui des merveilles
Boum, quand notre cœur fait boum-boum

Le ciel bleu, trop bleu et rempli de promesses. Des marguerites comme des lucioles parsèment l'herbe de lumières jaunes et blanches. Je suis allongée sur le ventre contre la terre humide, est-ce la rosée ou mes larmes ? Je me relève pour m'asseoir. La prairie me sourit, un voile d'air m'enveloppe. Un pommier tout juste esquissé me tient compagnie. La pelouse drue me chatouille les pieds. Je croise mes jambes comme un bouddha. Mes mains caressent le tapis vert et je savoure ce monde qui me dorlote.

En toile de fond, une chanson de Charles Trenet qui a dû s'échapper du tourne-disque de mon arrière-grand-mère, elle l'adorait ! Je reprends en chœur : « Quand notre cœur fait boum… » Le fou chantant avec ses bras levés à l'horizontale se rapproche. « Le monde entier fait boum. » Une onde sonore s'engouffre dans mon oreille et tape dans mon tympan qui vibre. Ça m'étonne, cette union du dehors et du dedans. Les secondes, les jours, les siècles et les millions de pulsations que je sens sous mon pouls.

« Quand notre cœur fait boum… » Mes bras s'agitent en rythme et déchirent le ciel d'un éclair foudroyant. Une main s'approche de mon visage. D'autres mains, d'autres voix, un parfum de violette, alors seulement j'ouvre les yeux et je suis trop heureuse de retrouver ces femmes en robes de brouillard qui se pressent autour de moi. Leurs tenues sombres tranchent avec leurs rires clairs.

Elles tendent l'oreille mais ne reconnaissent pas la voix enjouée qui chante cet air à une cadence qu'elles trouvent un peu trop moderne. Mais qui leur donne envie de danser ! Elles me tirent par la main pour m'entraîner dans leur ronde. Les paroles s'inscrivent dans l'air, leurs chapeaux tombent, elles tournent en apesanteur, leurs pieds ne touchent pas terre, et les miens s'envolent.

Je suis grisée. La chanson s'arrête, et on retombe aussi sec sur le gazon poli. Mon arrière-grand-mère est là, tout près. Elle se lève et s'éloigne avec sa robe qui fait valser une traînée de feuilles mortes. Je m'agenouille au milieu du cercle formé par les autres femmes. L'une d'entre elles, au visage long et pâle, s'approche de moi. Elle enlève ses gants et je remarque que son œil droit est fixe, ça me gêne un peu. Et puis je me souviens du cahier. Cette histoire d'œil perdu, il doit s'agir d'Henriette.

Comme pour dissiper mes doutes, elle m'explique : « Oh, ce n'est rien, tu sais, ma foi, dans la vie, on s'habitue à tout. Je vais te raconter. C'était après une balade au bois de Boulogne, au bras d'un homme qui me déclamait des vers aussi luisants d'amour que ses yeux fiévreux... » Celle qui me parle, c'est ma trois fois arrière-grand-mère ! Son regard brille tant que même son œil immobile frissonne. Elle continue : « Je me souviens de ce jour qui avait si bien débuté, ce rendez-vous interdit avec mon amant rayonnant. La perspective de le retrouver me donnait des ailes. Quand nous sommes rentrés de la promenade, j'étais enfin prête à tout avouer à mon mari. Cet homme m'avait conquise. J'étais éprise comme jamais je ne l'avais été. Il fallait une fois encore nous séparer et mon cœur redoutait ce moment. Je devais redevenir une mère, l'épouse d'un homme que je n'aimais plus et qui était d'ailleurs plus volage qu'un escadron d'hirondelles. La calèche s'était arrêtée à deux pas de chez moi, je devais me séparer de mon amant si chéri. Nous ne savions pas quand nous allions nous revoir. Ah mon Dieu, si j'avais su que c'était la dernière fois...

« À peine arrivée à la maison, je me précipite au petit coin, juste le temps d'enlever guêpières et jupons, je m'assieds pour laisser s'écouler un jet trop longtemps retenu. Ah, cette sensation délicieuse, un pur moment de grâce. Qui n'a pas duré...

« Un fracas au-dessus de moi, je lève la tête, curieuse de savoir ce qui se trame à travers la lucarne qui donne sur le ciel. Un morceau de verre atterrit directement dans mon œil. En une seconde, tout dérapa. Ce sang sur ma robe, la douleur, mes hurlements. Voilà, ma chère demoiselle, ce jour-là, j'ai perdu mon œil, ainsi que mon amoureux. Un moment d'inadvertance, et tout s'effondre en cascade. Depuis, je n'ai jamais pu regarder en l'air sans trembler, et j'ai toujours fait pipi sans joie.

« C'est comme ça. J'ai continué ma route. Je me réconfortais dans le souvenir de mon amant. La mémoire de sa peau salée était mon océan, ses mains m'emmenaient au large. Par la pensée, je suis toujours restée contre son épaule. Oh, ne sois pas triste, ma mignonne, tu verras, tout passe. La jeunesse, les chagrins, les désirs. Aujourd'hui, dans l'espace infini qui est le mien, j'ai compris que la seule chose qui perdure au-delà des apparences, c'est l'amour. L'amour, il n'y a que cela qu'on emporte. Je ne me lasserai pas de le clamer.

« Il est temps aussi que tu saches que c'est cet amour-là, cette liaison interdite, qui t'a transmis la vie. Car cet homme m'a laissé dans la chair le plus bel anneau qui soit : ton arrière-arrière-grand-mère, mon adorée. Avant elle, j'ai bien sûr aimé mes autres enfants, mais dans le cou potelé d'Odette, je me suis sentie renaître. Je n'avais qu'un œil pour la voir mais tant d'amour pour la porter. Ma petite chérie. »

J'étais vraiment émue par cette dame venue de si loin et qui me semblait si proche, même si son corps était impalpable. Henriette s'est levée en soulevant sa jupe. J'ai voulu la retenir. Les autres femmes se sont toutes volatilisées, je suis restée seule. Si seule.

Et toujours on avance

En sortant de chez le coiffeur, Camille se sent allégée. Comme si deux centimètres de cheveux en moins et un joli brushing lui avaient fait perdre dix ans. Du coup, ça lui donne envie de faire un grand rangement dans ses affaires. Trier, jeter, ne garder que l'essentiel. Au bout de deux heures passées à ranger ses placards, au moment où elle en a assez de tout bazarder, elle tombe sur un carnet qui doit avoir appartenu à une de ses arrière-grands-mères. Un qu'elle avait oublié au fond d'un tiroir.

Elle s'accroupit au milieu des sacs d'habits à donner pour parcourir les pages recouvertes d'une écriture penchée. Quelques notes, des rendez-vous, des idées griffonnées à l'encre violette. Une page se détache, et Camille sans savoir pourquoi la lit tout haut :

« On a chacun notre vie, chacun notre heure, chacun notre raison. On avance dans ce couloir, pas plus haut que trois pommes, on lève les yeux vers ces grands qui nous étonnent. Les jours sont brusques, les souvenirs lents, on marche, on se cogne. On apprend. Les jours de pluie, on glisse sur le trottoir, on s'étale un instant et puis la vie reprend. Les matins de brouillard, la tête sous l'oreiller, on voudrait ne pas voir, on se souvient trop bien. Par moments, on court, tout est trop long. Puis on s'assied, on veut prendre son temps.

« Un jour on est enfant, le monde est énorme, ils sont bizarres, les grands. Le parfum de maman, les bras du père, les œufs que l'on cherche, les réveils en nage, les cauchemars qui reviennent et le cœur qui s'envole en regardant le vent. Et puis l'on devient grand à notre tour, on découvre un autre amour. Un jour, on aime une autre peau, et c'est la nôtre qui se hérisse, le cœur comme une flaque. On oublie les rondeurs matinales, on crépite sans bruit, parfois cela fait mal.

Après les bleus aux genoux, on prend des coups à l'âme, on déborde de tout, on veut sauter par-dessus les barrières, galoper comme un cheval fou pour rattraper notre étoile. On aime, on rit et on danse. On se retourne moins sur notre enfance. Et toujours on avance, sans savoir où l'on va.

« À notre tour d'être le parent, à notre tour cette ruée vers notre or. On donne la vie, ou plutôt on poursuit la nôtre. Et toujours du sang, des rires et des larmes. On protège, on adore, on aime au-delà des mots, au-delà de tout. On se souvient de ces matins où frissonnant l'on tient contre nous ce petit être qui ne peut vivre que par nous.

« On se sent immense dans notre impuissance. Si plein de tout, de peurs et de tendresse infinie. Puis la vie continue, matins de brouillard, amours sombres. On se souvient aussi des jours en soleil et des nuits qu'on voudrait éternelles. Cahin-caha, le chemin se rétrécit, on se retourne de plus en plus souvent vers ceux qui nous ont précédés, qui flottent dans nos veines et s'immiscent dans nos mémoires. Vers notre hier qui semble immense face au temps qui nous reste.

« Le cœur plein d'amour autant que de blessures, mais rempli d'espoir. Des questions en série, des paroles vaines et des moments de magie. On écoute encore ceux qui sont plus grands que nous, ceux qui nous font croire à nos rêves, ceux que l'on a envie de suivre. Parfois dérisoire, toujours surprenante, notre vie nous prend à la gorge. On veut crier, redevenir cet enfant qui pleure sans savoir pourquoi et qui rit en regardant ses mains tellement grandes devant la mer.

« Des heures pour se perdre, des jours pour ne rien savoir, si ce n'est que nos premiers châteaux de sable un jour se disperseront pour rejoindre les étoiles. »

Pas de signature, juste une date, le 24 janvier 1947. Henriette, Odette, Annette ? Laquelle des trois a écrit cela et pour quelle occasion ? Camille est intriguée par la modernité du style, et surtout émue d'y retrouver ces mêmes pensées qu'elle tente de transcrire dans son roman. Les générations passent, les préoccupations ne changent guère. Hantée par les mots qu'elle vient de lire, elle y voit un signe. Un message venu de là-haut, comme une approbation.

Un roman si féminin

L'éditrice est assise à son bureau, buste droit, nuque gracieuse. Raphaël l'écoute autant qu'il la mange des yeux. Cette Marie de Suez est vraiment canon. Il s'est beaucoup préparé pour ce rendez-vous, et s'est aussitôt lancé dans un discours-fleuve, un baratin qu'il maîtrise parfaitement. Après un silence presque gênant, l'éditrice commence à l'abreuver de louanges, la voix aussi sucrée que du miel. « J'ai ressenti en vous lisant une sensibilité très féminine. C'est appréciable, un homme qui sait aussi bien exprimer les émois féminins. Vous dansez avec les personnages, j'entends une jolie musique. »

Raphaël se clarifie la voix pour cacher son émotion. Il décrit son plongeon dans cette lignée de femmes, il sait depuis toujours que la femme est l'avenir de l'homme. En effet, il a joué de cet atout formidable, qu'un homme ait pu pénétrer la psyché féminine. Il lui a fallu se faire tout petit, d'autant qu'en ce moment, être un mâle, blanc de surcroît, n'est pas nécessairement un cadeau. L'éditrice lui sourit d'un air entendu.

Il est sûr de lui, persuadé que tout ce qu'il raconte est vrai. Si souvent, il a usurpé une identité qui n'était pas la sienne. Un imposteur. Jamais à sa place, comme réchappé d'un univers dissous, en camouflage perpétuel. Il continue sur sa lancée : « La mémoire est un appel à la création. D'où venons-nous et quel chemin devons-nous prendre ? Pour moi, la généalogie, c'est une manière de nous rendre présent à nous-même. J'ai voulu sonder nos racines, seules à même de nous faire aller plus loin, plus près de notre vérité. Et puis surtout, j'ai voulu faire revivre des morts, prouver que tant que l'on pense à eux, tant que l'on dialogue avec eux, ils existent, ils ne nous ont pas quittés. »

« Malgré tout… » – elle lit ses notes – « … la seule faiblesse de ce roman, c'est vers la fin cette impression qu'il manque quelque chose. Je pense qu'un chapitre ou deux aiderait le lecteur. Et puis, toutes ces allées et venues de personnages agrémentées de faits historiques sont un peu barbantes. Elles tombent parfois comme un cheveu sur la soupe… » Raphaël avale sa salive, il a du mal à déglutir, la seule critique qu'elle émet pointe du doigt sa contribution au texte. « Raphaël, vous avez copié sur votre camarade, quand vous le faites, au moins ne le faites pas à moitié. » Il a huit ans de nouveau. Un rappel à l'ordre sorti du passé. Il fait mine de ne pas entendre, et craint d'être débusqué. D'un air détaché, il ne peut s'empêcher de balancer une citation, une phrase de Christian Bobin : « Ce n'est pas l'encre qui fait l'écriture, c'est la voix, la vérité solitaire de la voix, l'hémorragie de vérité au ventre de la voix. » Il s'enroule dans cette phrase avec suffisance.

« Vous vous êtes inspiré de femmes de votre famille ?

La question fuse d'un coup. Elle a décroisé les jambes

en fixant Raphaël d'un air soudain soupçonneux. Il prend sa respiration et répond du tac au tac :

– Oui bien sûr, enfin… plutôt de la famille de ma femme. Des demi-mondaines, des grandes horizontales, comme on disait à l'époque ! Un terreau vivant que j'ai su exploiter. »

Marie de Suez s'est levée. Elle ouvre la fenêtre. « Ça vous dérange si je fume ? » Sans attendre, elle a déjà allumé sa Marlboro. Raphaël l'examine en détail, elle n'est pas si jolie en fait. D'un coup, ses envies s'envolent en fumée. Sa question l'a énervé. Oui d'accord, il s'est inspiré des notes prises par sa femme. Et alors, quel mal y'a-t-il à ça ? Le vol entre époux n'existe tout bonnement pas. Il le sait.

Il a débroussaillé et amélioré ce qui n'était même pas une bouture. Il l'a sortie de terre, l'a fait éclore, rendue florissante. Que les personnages soient de son sang ou pas, qu'est-ce que ça change ? Est-il stipulé quelque part qu'il ne faut écrire que sur les siens ? À quoi sert le mariage si ce n'est pas à tout partager ? Ce livre nous survivra, et l'histoire continuera, sans elle et sans moi.

Il se lève à son tour et secoue ses grandes jambes sans savoir sur quel pied danser. Doit-il partir, l'entretien est-il fini, a-t-elle des doutes, des objections ? L'éditrice jette son mégot à la poubelle, après l'avoir écrasé sur le rebord du volet. Elle s'approche de lui, ils ont presque la même taille, et elle lui offre une poignée de main ferme et un peu moite. Il se sent dominé, cerné. « Réfléchissez un peu pour la fin. On peut se tutoyer ? En tout cas, je suis partante pour l'aventure ! » Elle a dit ça en plissant les yeux. « Je vous fais parvenir un contrat dans la foulée. Je suis ravie de vous, euh de te compter parmi mes auteurs ! »

Elle range sa mèche derrière son oreille, on dirait une chatte qui passe la patte sur sa tête pour annoncer la pluie. Mais là, c'est du soleil qui inonde la tête de Raphaël. Il acquiesce, baisse un peu le menton, hésite entre en faire trop ou pas assez. Cela semble irréel. Il voudrait la serrer contre lui, danser autour d'elle comme autour d'un feu de joie. Elle croit en lui, tout est permis. Son cœur s'emballe, il ne peut retenir un sourire un peu niais. Après on verra bien. Il a tellement attendu ce moment-là. Enfin il est reconnu. Il ne veut plus partir, il a toujours eu horreur des départs. La fin du jour, la fin de l'amour, la fin d'une époque, la fin du livre. Tout commence.

Sculpter le temps

Raphaël s'est installé à une table bien en vue à La Palette, ce bistrot encore imprégné de l'atmosphère germanopratine où des serveurs hautains réservent les meilleures tables à leurs illustres habitués. Il a mis en évidence son manuscrit, il n'est pas n'importe qui. Il a été bien placé, et savoure ce moment en sirotant un spritz.

C'est bientôt l'heure du déjeuner, la douceur du jour a fait éclore une faune qui se balade nonchalamment. Tous ces gens qui se croisent lui rappellent une vidéo de Bill Viola qui l'a beaucoup marqué. C'était à New York il y a vingt ans, Raphaël y avait été envoyé pour faire un de ses premiers papiers, sur Lou Reed, qui était si défoncé qu'il n'arrivait pas à terminer ses phrases. Après l'interview, Raphaël était passé devant le Guggenheim où ce vidéaste encore peu connu exposait. Ce fut un choc. Assis par terre dans la petite salle sombre, il était resté jusqu'à la fermeture du musée devant une vidéo qui était projetée sur tout un pan de mur et dans laquelle des gens marchaient en file indienne parmi des arbres. Des figurants qui traversaient lentement l'écran de gauche à droite et qui, une fois au bout du cadre, disparaissaient pour laisser la place aux suivants, qui, à leur tour, se dirigeaient d'un pas lent vers le rien, vers leur fin. Raphaël avait été subjugué. Devant ces images, son existence avait défilé. Petit soldat obéissant qui ne devait pas réveiller sa mère. Toujours filer doux, ni trop fort ni trop haut. Faire comme s'il n'était pas là. Sans bruit, il traversait le salon en faisant semblant de ne pas voir le corps affalé de sa maman qui débordait du divan marron, la tête pendante sur l'accoudoir et la bouche ouverte. Elle tressautait dans ses cauchemars. Parfois, il croyait qu'elle voulait lui parler, alors il s'approchait prudemment, comme quand on marche sur un fil. Aussitôt, son frère surgissait, gardien du temple maternel, et le sommait de foutre le camp. Déguerpis, imbécile, va voir dehors si j'y suis. Raphaël se retrouvait dans la cour grise, il se demandait si sa mère n'était pas déjà morte. À New York, dans ce musée, il avait ressenti la même angoisse. Ces humains avançaient sans autre but que celui de disparaître. Aujourd'hui, les gens qui traversent la rue devant sa table semblent tout droit sortis de cette vidéo. Heureusement, pense-t-il, nous ne savons pas toujours où nos pas nous mènent, sinon nous marcherions à reculons.

En se rappelant ce qu'il avait ressenti ce jour-là, Raphaël regarde ses mains. Pourquoi n'est-il pas lui aussi artiste ? Un sculpteur. Pour pouvoir sortir des êtres du néant, avec de la terre directement arrachée au sol, comme Camille Claudel le faisait. Rodin s'est toujours inspiré d'elle et même plus, il la copiait. C'est difficile de faire la part des choses, la part des êtres. Raphaël se raccroche habilement à cette idée : qu'est-ce qui est légitime dans une création, si ce n'est l'œuvre elle-même ? Rien n'appartient à personne, pense-t-il, les plus grandes choses ont toujours été détournées, réinterprétées. L'inspiration vient toujours de quelque part.

Il a déjà oublié les réserves de l'éditrice. Un rayon de soleil l'éblouit. Il ferme les yeux et se retrouve dans la petite cour de son enfance, les fenêtres sont allumées, la nuit tombée. Ces souvenirs-là, il n'arrive pas à les éviter. Ne pas éveiller maman, c'était lourd à porter. Quand, des années plus tard, il s'était retrouvé face à sa mère morte, allongée sur ce lit d'hôpital, les mains croisées sur son ventre, il avait encore eu peur de la réveiller. Très doucement, il avait posé sa tête sur le cou déjà froid, sans mots, sans prières, sans larmes. Pour la première fois, sa mère était à lui, mais il était trop tard. Ses traits étaient redevenus lisses, il l'avait trouvée belle. Il était sorti de la chambre sur la pointe des pieds. Quand ses frères et lui avaient porté le cercueil sur leurs épaules dans cette église glacée, il avait cru entendre sa voix à travers le bois de sapin. Comme si elle s'était enfin réveillée.

Le serveur a déposé sur sa table des cacahuètes aussi salées que l'addition qui les accompagne. Raphaël devrait être fou de joie. Avoir trouvé un éditeur ! Des bribes de phrases lui reviennent. « Ce livre tombe à pic ! Un roman si féminin. Un livre sur des femmes écrit par un homme d'aujourd'hui. Un féministe, un vrai. Il faut le sortir le plus vite possible. Septembre, ça vous irait ? » Elle voudrait en tirer dix mille exemplaires direct. Elle y croit. Il zappe ses nostalgies et vide son verre d'un coup sec après avoir trinqué à sa propre victoire en criant : « À ton succès ! »

Un jeune garçon passe à cet instant. Surpris par cet homme qui parle tout seul, il se retourne vers lui et croise un instant le regard de Raphaël avant de poursuivre son chemin. « Pauvre imbécile, toi aussi, t'y vas tout droit ! » Raphaël repose son verre d'un geste las. Il pousse l'assiette de côté, il n'a plus faim. Le serveur est déjà posté devant lui avec sa machine à carte bleue, il le presse de payer. Il doit laisser sa place. Au suivant, au suivant…

Jeanne

Pointe en avant tendue comme un arc, pas chassé… demi-plié… fouetté… collé. Nous sommes trente-deux danseuses, nous marchons en biais, chacune l'exacte réplique de l'autre, embarquées dans la symphonie du bout des pieds jusqu'à plus haut que nous. Un alignement de tutus blancs qui s'affolent dans l'air, tourbillonnent et retombent à terre pour saluer le sol. Nos gestes sont les mêmes, c'est comme si nous ne formions qu'un seul et même être.

Bientôt, je vais me relever et quitter les autres. Je m'élance, mes bras sont des toupies, mes pieds ne touchent pas terre, je m'élève en même temps que la musique, je m'envole dans une chorégraphie que je connais sur le bout des doigts… des pieds surtout ! J'ai le premier rôle dans *Le Lac des cygnes*. C'est incroyable, je suis *prima ballerina assoluta*, je n'en reviens pas, Odette, c'est moi ! En plus c'est le prénom de mon arrière-arrière-grand-mère, une de celles qui viennent me rejoindre le soir en catimini.

Pendant une seconde qui me semble une éternité, mes pensées virevoltent. Je retrouve mes aïeules qui se sont invitées au ballet. Je me sens si bien entourée que je vole de plus en plus haut, et je tourbillonne comme une libellule. J'effleure le plancher pour rebondir de plus belle. Je ne pense plus à rien et la vie bat plus fort que jamais.

Les autres cygnes se sont relevés en suivant les notes de Tchaïkovski. Mes pointes sont arc-boutées vers la terre, et mon chignon serré par mille épingles bride mes yeux comme pour les tirer vers les cieux. Je rejoins les autres ballerines. Et puis, une fois encore, je repars seule en caressant l'air avec mes bras. Bientôt, je vais me transformer en cygne noir, je quitte la scène pour me précipiter dans les coulisses et changer la couleur de mes plumes.

Je suis en nage, mon pouls est aussi rapide que moi, je ne dois surtout pas perdre la cadence. Du vestiaire où je me change en quatrième vitesse, j'entends les pas des danseuses espagnoles qui retentissent sur le sol. En me regardant dans la grande glace pour placer la couronne noire, je retrouve dans mes yeux cernés une expression qui me rappelle papa. D'ailleurs, il est comme le cygne que j'interprète, parfois plein de lumière, pour juste après se métamorphoser en son double maléfique. Parfois, je ne le reconnais plus, j'en viens même à le détester.

J'ajuste mes mèches blondes pour les cacher dans les fleurs noires de ma nouvelle couronne. Ma transformation est impressionnante. La marche hollandaise vient de commencer, vite ça va être mon tour. Dans cet opéra, mon père est un horrible sorcier qui me transforme en cygne noir pour anéantir le prince.

Je me lance. Danser seule, c'est différent. Quand mes

chaussons glissent jusqu'aux pieds du prince, avec tous les yeux tournés vers moi, je crains de perdre l'équilibre. Je me ressaisis aussitôt et me rapproche de lui. Je ne dois pas regarder le fou du roi qui, cramponné à la reine, joue à paraître effrayé par moi. En plus de battre intensément, mon cœur tremble. En vrai, le fou me plaît, mais il n'a pas l'air très sensible à mes charmes. Pourtant c'est moi la première danseuse ! Je me relève en jetant un coup d'œil dans sa direction et cours à petits pas pour changer à nouveau de plumes.

Maintenant, je redeviens Odette, la vraie, et mon prince me cherche à grands pas chassés. Je suis ivre de musique, c'est le moment le plus attendu. Celui que je redoute le plus. Le plus, plus que tout : ma série de fouettés, trente-deux en tout, autant que de cygnes réunis autour de moi qui battent le plancher avec leurs sauts délicats. Ça sera à moi juste après la danse des petits cygnes. Les quatre ballerines arrivent avec leurs bras croisés et leurs mains accrochées les unes aux autres dans une géométrie parfaite. Leurs jambes frêles se déplacent latéralement en effectuant seize sauts de chat, on dirait qu'une seule danseuse s'est décuplée devant un miroir magique. Blotties à la virgule près, elles rebondissent en apesanteur. Une perfection absolue sur leurs huit jambes. Je retiens mon souffle, subjuguée.

Je serre les poings derrière mon dos, c'est mon tour, j'ai hâte, mon corps en transe a oublié le trac. Je reviens au centre de moi et, face à la scène, je me déploie comme une toupie qui s'enroule dans la symphonie avec la régularité d'un métronome. Je me sens portée par tous les oiseaux alignés derrière moi, leurs plumes blanches soutiennent mon corps qui tourne et retourne sans jamais flancher. Dans cet élan qui serait impossible à garder sans elles, il n'y a plus de rivalité, rien que des mains tendues. Mes sœurs, mes amies qui comptent en silence mes pirouettes et prient pour me soutenir. J'ai le tournis, un tournis de folie. Je ne suis plus ni moi ni elles. Je m'abandonne dans un manège enchanté. Seuls les chiffrent vrillent autour de moi, vingt-trois, vingt-quatre, ne pas dépasser, écouter les notes qui me portent. L'orchestre tout entier s'est installé dans mes cellules. Le violoncelle irrigue mes veines, les rythmes pénètrent mon sang. Un dernier saut de biche et je retombe à plat sans la moindre hésitation.

C'est sûr, on m'a aidée de tout là-haut. Ce n'est que la répèt', et la dizaine de profs qui me regardent applaudissent à tout rompre. Je suis à peine essoufflée, comme si ce n'était pas moi qui avais dansé. Je salue et cours bien vite me réfugier derrière mes amies qui n'osent pas bouger. On dirait que le temps s'est arrêté. Je suis pourtant condamnée à mort par le prince qui nous a confondus, cygne noir, cygne blanc, l'amour va perdre et j'ai envie de pleurer quand je replonge sur le sol et que j'entends les pas de tous les cygnes qui viennent m'entourer. Je suis vidée. Morte. On termine toutes ensemble, face contre terre, les ailes déployées, et mon prince s'éloigne, le cœur brisé.

Papa, ne me quitte pas, j'ai trop besoin de toi.

Les bottes de sept lieues

Son amie l'écoute si attentivement que Camille, en lui parlant, a l'impression de parvenir enfin à se comprendre elle-même. Elles marchent ensemble d'un pas rapide autour du lac du bois de Boulogne, cette balade qu'elle connaît par cœur. C'est là qu'elle se promenait les dernières semaines de ses grossesses pour essayer d'accoucher plus vite. Cette attente qu'elle avait dû affronter seule, car Raphaël s'éclipsait pour ne pas s'attarder sur sa femme qui semblait rouler quand elle se déplaçait, tant elle était énorme.

Camille regarde Dorothée et son profil régulier la rassure. Les chemins montent et descendent, serrant le lac de près. Des canetons suivent leur mère pour ne surtout pas la perdre. Un cygne les rejoint. Elle compare sa vie à ce tour du lac qui revient toujours au même point de départ.

Aujourd'hui, ça sent le printemps, les bourgeons frémissent, le ciel est lavé, on entend la sève chanter dans les arbres, Camille avance d'un pas neuf. Elle a décidé de se prendre en main. Écrire lui aura servi à cela, à puiser au fond d'elle pour y trouver la force de ses aïeules, leur gourmandise et leur liberté. À renouer avec ses rêves, ses désirs. Camille se sent prête à ouvrir les fenêtres, à cogner aux portes. Une transmission qui s'est faite au fil des mots.

La famille de canards a rejoint la petite île juste en face, où se trouve le Chalet des Îles, ce restaurant en bois qui date du Second Empire. Ce petit bijou avait été offert à l'impératrice Eugénie par Napoléon III, en gage d'amour. Camille s'arrête pour le regarder. Elle rêve encore d'un amour à grande échelle, elle aussi veut mettre des paillettes dans sa vie. Et si elle rencontrait un autre homme ?

Elle accélère le pas et dépasse son amie qui a pourtant plus d'entraînement qu'elle. Elle se met à courir, comme pour lancer un défi à sa vie d'avant. Une envie de rire, de danser, de tout éclabousser. Dorothée, épuisée par cette course, s'est accoudée contre une branche d'arbre. Elle reprend son souffle, écarlate.

« T'as enfilé les bottes de sept lieues ou quoi ?

– Oui ! Et je saute tous les obstacles par magie ! »

Camille s'arrête près d'elle : « Tu sais, j'ai entendu une statistique incroyable. Une personne sur deux aurait l'impression de passer à côté de sa vie. Tu te rends compte ? Je me sens un peu dans ce cas, ce serait horrible que je me retourne quand il sera trop tard. En écrivant sur les femmes de ma drôle de famille, j'ai compris beaucoup de choses. Comme si elles m'avaient donné le courage de réagir. Il faut pas se laisser faire. Je veux être libre. Et délurée, comme elles. Pour ne pas avoir de regrets. J'aime encore Raphaël, mais bon. On verra… » Camille voudrait ajouter qu'avec Raphaël, elle a l'impression de vivre à contretemps, qu'ils ne sont jamais bien au même moment, qu'ils sont toujours à l'envers l'un de l'autre. Comme des vases communicants.

À cet instant, Dorothée l'interrompt pour lui annoncer une grande nouvelle. Elle part dans quinze jours en Espagne faire sa FIV. « Tu vas m'accompagner cette fois-ci ? »

Camille sent les larmes monter. Envie de pleurer, de rire. La vie peut être si belle, ça dépend de ce qu'on en fait. Toutes deux restent sans bouger jusqu'à ce que le vent frais les pousse à partir. Et elles bouclent le tour du lac, main dans la main comme deux enfants heureux.

SFCDT

C'était trop long, bougrement long. C'est sûr, l'éditrice l'avait oublié. Feignant l'indifférence, Raphaël retournait ces cinq lettres dans sa bouche : SFCDT. « Se Foutre Carrément De Tout », comme disait Stendhal. Oui, il arrivait à se détacher de ce qui pourtant lui importait le plus. Question d'habitude. Malgré tout, il tripotait sans cesse son téléphone et vérifiait ses mails dès son réveil. L'entrevue avec Marie semblait avoir été un mirage. Le manuscrit était planqué en haut de l'étagère de son bureau, hors de portée. Raphaël était incapable de s'y intéresser, il laissait sa pensée vagabonder.

Afin de tromper l'attente, il réfléchit à cet hommage à Bowie qu'il doit écrire pour l'anniversaire de sa mort.

Il doit rendre son papier ce soir. Le chanteur a disparu il y a deux ans déjà, un de ses morceaux préférés trottine dans sa tête :

We can be heroes
Juste for one day

Il jette un coup d'œil au manuscrit qui dort dans sa cachette. Comme un fantôme.

Raphaël chantonne en fixant les yeux pers de Bowie sur une photo accrochée au mur. Il n'arrive pas à s'y mettre. Il finira demain, tant pis il sera charrette. Par acquit de conscience, il ouvre sa boîte mail avant d'éteindre son ordinateur. Il n'en croit pas ses yeux : mariedesuez@postcriptum.fr, bien rangé sur la gauche entre les pubs et les courriels sans intérêt.

Il clique, double-clique et sa journée se métamorphose. « Je me permets de revenir vers toi concernant le contrat, etc. » Il hurle de joie, et s'empresse d'imprimer le document avant de sauter en l'air dans un élan qui dissipe le goût maussade de sa journée.

Il repense au titre du livre et à la couverture qu'il a en tête. Le dessin d'un sous-bois profond, plutôt qu'une photo argentique qui représenterait des femmes du siècle passé. Des arbres, des branches, des ramifications, c'est une métaphore plus représentative des liens familiaux. Il récupère le contrat dont les pages se sont éparpillées sur le sol en quittant l'imprimante, les range dans sa sacoche et file à l'anglaise pour ne pas croiser ses congénères.

En traversant le Pont-Neuf, il s'arrête pour regarder passer une péniche. Il bifurque vers La Palette, les serveurs le reconnaissent. Il va boire un verre pour fêter ce jour. Éméché par sa coupe de champagne, il pense aux fesses des poupées qu'il n'a pas honorées depuis un certain temps. Le dégoût a pris le pas sur le désir. Celles de Camille lui suffisent, même s'il les connaît sur le bout des doigts. Ces derniers temps, elle est un peu distante, comme si elle avait une idée derrière la tête. Comment lui annoncer la nouvelle ? Cette grande nouvelle. Les rôles vont s'inverser, c'est elle qui risque de se mettre en colère. Dans son empressement à signer le contrat, il l'a reléguée au second plan. Et si elle réagissait mal ? « L'addition, s'il vous plaît. » Il se lève en se demandant comment il va bien pouvoir s'y prendre.

Arrivé chez lui, il plonge la main dans son cartable, à la recherche de ses clés, et tombe sur les feuilles du contrat. Il aurait dû les laisser au bureau. Camille ne l'a pas entendu entrer, il va discrètement dans leur chambre, sans bruit, comme quand il était gosse. Il s'effondre sur le lit et reste ainsi, immobile, jusqu'à la tombée de la nuit. Quand Camille entre dans la pièce, elle pousse un cri en le voyant. Elle allume la lampe et l'engueule : « Tu m'as fait peur, qu'est-ce que tu fous là sur mon lit ? » Désarçonné, Raphaël surréagit en s'offusquant de sa réaction : « D'abord, c'est pas *ton* lit ! Et en plus, je dois m'excuser d'être épuisé par tout ce qui se passe au boulot, dont t'as pas la moindre idée. On croit rêver ! »

Il voulait tout lui avouer mais visiblement, ce n'est pas le moment. Il doit réfléchir à une stratégie, il n'a pas toutes les cartes en main. Il devra prendre des gants, pour tirer intelligemment la couverture de son côté.

Les filles débarquent, elles picorent des bribes du dîner. On dirait des pies, habillées en noir et blanc, bavardes et chapardeuses. Elles enlèvent à leur père toute envie d'annoncer la nouvelle.

La révélation

Le jour d'après, ça sent la blague, c'est le premier avril ! Pourtant Raphaël n'a aucune envie de rire, le week-end est foutu d'avance. Impossible de trouver un moment pour déballer ce qu'il a sur le cœur. Camille est partie aux aurores pour déposer les filles à tout plein de rendez-vous ici et là, lui laissant pour mission de remplir le frigo. La liste en main, Raphaël s'apprête à s'acquitter de cette tâche ingrate. Il n'a jamais pu se faire à l'idée que sans cesse il faut tout racheter, ce yoyo incessant de plein et de vide l'insupporte, il a l'impression de se vautrer dans le consumérisme. La grande bouffe, ça lui sort par les yeux. Le Carrefour bondé et les queues sans fin lui donnent envie de vomir.

Il parcourt distraitement la liste de courses que sa femme lui a laissée, Coca Zero, flocons d'avoine, lait d'amande. Dans sa tête, il cherche encore comment lui annoncer sereinement qu'il vient de signer un contrat d'édition. Comment lui expliquer avec pédagogie et tact ce qui, il le sait trop bien au fond de lui, n'est rien d'autre que du vol ? Une appropriation. Par où commencer ?

Pourquoi tourner autour du pot ? Ne vaudrait-il pas mieux directement plonger dedans ?

Elle allait, espérait-il, s'émouvoir en découvrant la dédicace qu'il lui avait préparée. Il y fait son apologie en la remerciant d'exister. Il la proclame muse, oui, il lui reconnaît au moins ça. C'est sûr, elle prendra plaisir à partager le succès de son mari, et sera fière de lui. Oui, mais peut-être pas. Un éclair de lucidité s'immisce au beau milieu des faux-fuyants. Raphaël ne sait plus quelle conduite tenir. Il craint maintenant que Camille se mette à hurler et revendique ses droits comme une suffragette en rébellion.

Il est temps d'y aller, il est presque content d'avoir cet alibi des courses à faire, ne pas oublier l'huile d'olive surtout, et arrêter de gamberger. En refermant la porte derrière lui, il ramasse le courrier posé sur le paillasson. Tiens, une lettre manuscrite à son nom. On n'en reçoit jamais, sauf pour les deuils et les mariages. Il attend d'être bien installé dans sa voiture pour ouvrir l'enveloppe. Il n'a pas reconnu l'écriture de sa sœur.

Raphaël,

En préambule, je te présente mes excuses.

Pardon de n'avoir pas été la grande sœur dont tu avais besoin.

Pardon de n'avoir pas su te consoler.

Pardon pour les reproches dont je t'ai accablé.

Tous mes pardons ne suffisent pas à calmer ma culpabilité. Je la traîne derrière moi comme une ombre en laisse.

Il est temps que je t'avoue ce que je garde en moi depuis trop longtemps et qui m'écorche chaque jour un peu plus, comme une couronne d'épines plantée dans mon cœur. Même par écrit, les mots ont du mal à sortir, ils sont comme des stigmates à l'intérieur de mes mains. Je dois me boucher le nez et sauter dans l'eau glaciale, comme quand papa nous forçait à plonger dans le lac de Lastioulles. Je sais déjà tes larmes, je vois la digue fragile s'ouvrir.. Maman m'avait fait promettre de ne rien te dire. Soi-disant tu n'en valais pas la peine. Mais tu es celui qui doit savoir avant que je disparaisse.

Ton vrai père n'est pas le tien. Enfin le mien. Ce papa chewing-gum qui se déformait sans cesse n'est pas celui qui t'a donné la vie.

Ce jour frisquet où dans sa chambre d'hôpital maman m'a pris la main, j'ai senti ses ongles s'enfoncer dans ma peau. Je me suis rapprochée du lit. Elle parlait doucement pour que la femme du lit voisin n'entende pas, et m'a dit comment elle s'était enfin réveillée cette nuit-là avec ce monsieur magnifique qui l'avait aimée si fort. Je me souviens qu'elle s'est comparée à la chèvre de monsieur Seguin. Elle m'a fait comprendre que, pour la première fois, elle s'était sentie libre, qu'elle avait fugué pour suivre son désir. Une nuit, seulement. Au petit jour, elle avait cru mourir en retrouvant sa maison qui sentait la bouillie et les couches sales. Son amant, ton vrai père, ne l'avait pas retenue. Il était marié lui aussi, et devait tenir son rang. Quant à maman, elle avait déjà cinq enfants. Cette nuit de pleine lune, notre mère fut une princesse le temps d'une éclipse.

Elle m'a raconté des détails qui m'ont troublée, j'aurais préféré ne pas savoir. Sous ses paupières tombantes et ses joues fanées, j'ai vu son visage s'éclairer. Elle est devenue une jeune femme ardente que je ne connaissais pas.

Sa voix se modifiait au fur et à mesure que surgissaient des souvenirs enfiévrés. Je ne la reconnaissais pas. Nous avons tant de vies en nous. Je me remémorais la chèvre du conte. « Elle franchissait d'un saut de grands torrents qui l'éclaboussaient, au passage, de poussière humide et d'écume. Alors, toute ruisselante, elle allait s'étendre sur quelque roche plate et se faisait sécher par le soleil. »

À l'instant où elle allait m'avouer le prénom de ton père, les dents du loup l'ont dévorée et elle s'est tue pour toujours. Un long soupir d'amertume, elle s'est éteinte quelques minutes plus tard comme si elle attendait de me confier ce secret pour partir l'âme en paix. Ses boucles grises se sont affalées autour de sa tête. Sa bouche ouverte semblait enfin sourire.

Je n'ai pas pleuré, je n'ai pas bougé. J'ai prié pour qu'elle le retrouve. Il est trop tard pour rechercher qui il était, ça ne te servirait à rien. Papa était au courant et n'a jamais rien dit. Il ne t'a aimé ni moins ni plus que ceux de son sang. Il a peut-être même fini par oublier.

Le sang qui nous sépare m'a rapprochée de toi.

J'espère que tu ne vas pas prendre ombrage de cette vérité que je te confie. N'en veux pas à notre mère, imagine-la quittant l'étable et sautant les haies. Tu es le résultat de sa liberté. Et nous, ses autres enfants, celui de ses chaînes. Ne sois pas tourmenté, nous ne faisons que passer et nous sommes tous imparfaits, chahutés par des forces invisibles.

La soirée chez toi fut douce, profite de tes trois femmes.

Ma solitude est lourde à porter, même si elle m'aide à panser mes plaies. Enfin, je crois.

À bien vite, mon frère à moitié et plus entier que jamais.

Suzanne

Désolation

Raphaël dépose les courses sur la table de la cuisine. Devant son air hagard, Camille saisit tout de suite qu'il est dans un de ses mauvais jours. Même s'il essaie de le cacher, elle connaît tous ses masques. Elle se retient de le consoler. Et ne trouve pas le courage de lui faire remarquer qu'il s'est complètement gouré dans ses achats.

Elle décide d'emmener ses filles au cinéma pour le laisser tranquille. *A Star Is Born* se joue à l'Action Christine et toutes les trois succombent au charme de Bradley Cooper. En rentrant, Louise télécharge la chanson du film. Jeanne se lève et danse en imitant Lady Gaga. Camille se repasse en boucle la scène où l'acteur se roule dans les feuilles mortes avec son chien dans les bras. Elle aurait tant aimé avoir un chien, un jardin et un mari musicien. Sa vie, elle ne la voyait pas comme ça. À quel moment tout vous échappe-t-il ? Elle avait été follement amoureuse de Raphaël. Il y a eu ceux qu'elle avait cru aimer et puis il y a eu lui. Un tsunami qui l'avait dévastée. Elle ne dormait plus, ne mangeait plus, à peine si elle respirait. Tous les papillons du ciel avaient déployé leurs ailes dans son corps. Ça tremblait, ça secouait, ça vibrait, tout lui semblait possible. Aujourd'hui, tout ça s'est envolé, elle ne sait plus très bien où elle en est.

Cet amour vorace s'est révélé paradoxal, il a fini par l'épuiser, l'enfermer. Peu à peu, il avait été supplanté par l'amour qu'elle portait à ses filles. C'est d'ailleurs toujours cet amour-là qui la réconforte quand elle ne peut plus supporter l'injustice et la brutalité de son mari. Raphaël l'a coupée de tant de choses. Elle en est arrivée à lui mentir. Pour ne plus se sentir victime, elle est entrée dans son jeu. En formant un couple avec lui, elle s'est perdue.

Camille n'aime pas ce qu'elle est devenue. À force d'entendre parler d'emprise, de manipulation, elle finit par se poser des questions. N'est-elle pas tombée dans une relation toxique ? Comment s'est-elle laissé enfermer dans ce rapport de dépendance, de soumission ? Pourquoi accepte-t-elle d'être accusée et jugée ?

Elle a vécu dans l'illusion qu'on peut changer un être, elle s'en croyait capable. Mais les blessures de l'enfance restent gravées dans l'âme. Raphaël est toujours le même, capable du meilleur comme du pire. Elle sent monter en elle un sentiment de révolte. Depuis qu'elle écrit sur ces femmes qui avaient su se libérer des carcans de leur époque, elle perçoit une petite flamme qui se rallume. La redécouverte de ses aïeules lui a fait l'effet d'une transfusion qui lui permet enfin de se retrouver.

Dislocation

Fracassé. Brisé. La lettre de sa sœur l'a dévasté. Il a erré dans les rayons du supermarché, tiré par son caddie qu'il a rempli au hasard. Comme un automate, il a payé sans se soucier ni du montant ni du « Quel beau temps pour un samedi ! » de la caissière. Raphaël a déposé les courses dans le coffre de sa voiture, récupéré la pièce du chariot qu'il a méticuleusement encastré dans les autres chariots, et il est rentré chez lui. Il naviguait dans le néant. Aucun son n'aurait pu sortir de sa bouche, aucune larme de ses yeux. Tout son corps était comprimé dans un étau.

Une fois chez lui, les bras chargés de victuailles, il a réussi à faire comme si de rien n'était. Ses filles se sont précipitées sur le Nutella. Prétextant une migraine, il s'est enfermé dans sa chambre et s'est pelotonné sur le lit aussi défait que lui. Il ne ressentait plus rien, un rien si vide qu'il se croyait déjà au fond d'un gouffre. Camille est ensuite partie au cinéma avec les filles. Quand elles sont rentrées, il a réussi à se lever en faisant un effort surhumain pour prendre le repas en famille. Après le dîner, pour leur faire plaisir, il a regardé *The Voice*. Même

Camille semblait avoir l'esprit ailleurs et ne se préoccupait pas des larmes des perdants. Avant de s'endormir, il l'a entendue lui dire : « Ça ira mieux demain. »

Dans la tête de Raphaël, ça tourne en rond comme dans une machine à laver déprogrammée. Quatre heures du matin, il n'a pas dormi une seconde, ni bougé. Un rai de lumière passe sous la porte, les filles ont encore oublié d'éteindre le couloir. Ce détail déclenche sa colère, ça l'exaspère. Sa mère, son père, son livre, sa femme, son contrat, son journal et sa vie de merde, tout ce qu'il croyait posséder vole en mille éclats. Sa seule certitude, c'est qu'il ne vaut rien. Inutile, transparent, une odeur de cendre, un gouffre, un trou béant.

« Pourquoi nous retirer et abandonner la partie quand il nous reste tant d'êtres à décevoir ? » Cette question de Cioran trottine dans ses idées noires. Mais non, justement, lui, il ne peut plus continuer, il a assez déçu comme ça, c'est le moment de tout arrêter, de tout lâcher. D'abandonner la partie.

À force de bouger dans le lit en envoyant valser les draps, il va finir par la réveiller. Il ne veut surtout pas, Camille va encore râler, elle n'est bonne qu'à ça. Elle lui pourrit la vie. Le souffle calme de sa femme entrecoupé de petits ronflements l'irrite au plus haut point. Comment peut-elle dormir alors qu'il se sent prêt à exploser ? Il repense à l'éditrice et s'énerve encore plus. C'est sûr, Camille va s'opposer à cette publication, jamais elle ne cédera. Elle refusera qu'il signe le livre, elle se prend pour qui, cette conne ? Il la hait, cette prétentieuse de mauvaise foi. D'ailleurs, qui sait si elle n'a pas fait comme ma mère, je ne suis pas le fils de mon père ni peut-être le père de mes filles. Je ne suis rien.

Sa rage devient féroce, il est cerné de trahisons, il n'a jamais pu compter sur personne, mais là ça frise l'abject. Tout son corps est soumis à une tension qui met ses nerfs en boule, une détresse impossible à surmonter le remplit jusqu'à la moelle.

Barbie et Ken

Raphaël se retranche sous la couette informe. Il a dû dormir un peu puisqu'il se réveille en plein cauchemar. Il attrape son portable, déjà neuf heures, il n'a pas entendu Camille filer. Deux messages super urgents de son rédacteur en chef pour qu'il n'oublie pas d'aller à l'expo sur laquelle il doit faire un papier, à la place de Barlou, le critique d'art du service Culture qui a fait une chute en vélo électrique. Il s'assied et fixe ses pieds qui pendent lamentablement du lit.

Il avale un expresso, attrape son blouson, sa sacoche, et dévale les escaliers sans plus penser à rien. De toute façon, il est tellement mal, alors, aller là ou ailleurs… Il s'engouffre dans le métro, ça le rassure de suivre les flots de passagers, il sort à Franklin-Roosevelt et se traîne vers la rue Matignon en passant devant les vitrines luxueuses. Il s'attarde devant une collection de couteaux en argent dont les armoiries lancent des éclairs. La lame brillante doit trancher net. Guillotiné.

Il n'a aucune envie de voir cette exposition. D'ailleurs, rien ne le touche ces derniers temps. À force de devoir garder un œil critique, il ne peut plus laisser parler ses émotions, le charme est rompu d'avance. Il arrive devant la galerie. Dix heures pile. La vitrine est entièrement peinte en noir, au milieu une vidéo tourne en boucle. Une femme ondule en montrant sa courbe de reins, robe moulante et chignon haut. En se rapprochant, il comprend que c'est une poupée. Un pincement au plexus, son imagination déraille.

Quand il entre, il est d'abord étonné par la taille de la galerie. Immense. Puis il voit une première photo qui lui explose en pleine figure. Un choc. Il y en a des dizaines d'autres, de même taille, au moins deux mètres de large. Sur la première, un homme est affalé sur un canapé, face à une poupée de taille humaine en porte-jarretelles. Une Barbie plus vraie que nature. La lumière, les regards, leurs positions, tout est cru dans cette scène qui rappelle l'univers d'Helmut Newton. C'est juste inouï. Raphaël est sidéré, presque paniqué. Il repense à ses poupées à lui, ses fantasmes sont mis à nu. Il se sent cerné.

Le galeriste s'est approché de lui, et Raphaël se présente en bredouillant. Comprenant que c'est le journaliste qu'il attendait, le jeune homme en costume bleu nuit se met en devoir de lui parler de l'artiste. « Cécile Plaisance a exposé dans le monde entier. Elle s'attaque au mythe de la femme-objet. En photographiant Barbie, l'icône de notre enfance, elle renverse tous les codes. Cette poupée que les féministes considèrent comme le symbole de la femme sous contrôle et objet de consommation, Cécile Plaisance s'en sert paradoxalement pour défendre la femme d'aujourd'hui, ses droits, ses désirs, sa liberté. » Il marque une pause et reprend, en pointant du doigt un des clichés : « Vous avez sous les yeux une de ses premières séries, nommée *Real Life*. Cécile Plaisance a remplacé Ken, le partenaire de Barbie, par son propre mari ! C'est lui là, en chemise blanche, en train d'enlacer la *baby doll*. Tous les poncifs du rêve américain, Malibu, le surf, les belles bagnoles. Dans sa luxueuse villa, à quoi pense-t-il, cet homme ? Face à sa poupée si désirable, il regarde ailleurs. Il est seul. Irrémédiablement seul. »

Raphaël fait un pas de côté, à la manière d'un crabe. Il scrute les détails du cliché, et sa gorge se serre devant cette scène osée et très réaliste. Il est subjugué. L'expression concentrée de cet homme, sa froideur contrastent avec l'érotisme aguicheur des Barbie. Jambes écartées, bras levés, toujours à l'aplomb d'un mouvement, elles sont pleines de vie face à ce blond pétrifié comme une statue. Médusé, Raphaël repasse devant chaque image sans pouvoir en détacher les yeux. Il est face à lui-même. Et tous les projecteurs sont braqués sur lui, cloué sur place. Devant sa propre existence. Vie rêvée. Vie haïe. Au bord de cette piscine à la Hockney, c'est lui, face à une jolie blonde en cire qui lui touche l'épaule. Une douleur au ventre. L'air devient dense, il étouffe. Ces photos sont plus vraies que sa fausse réalité. Il a la tête qui tourne, le ciel californien prend des teintes psychédéliques et les poupées en short dansent en riant. Une fable où les rôles s'inversent : le pantin, c'est lui, et les poupées rigolent.

Le galeriste commence à trouver ce type étrange. Pourquoi ne lui a-t-on pas envoyé Barlou ? Sans plus de simagrées, il lui glisse un catalogue dans la main et ouvre la porte en essayant d'avoir l'air aimable. « Je crois que

vous avez été touché par la grâce ! J'attends avec impatience le papier. Ravi d'avoir fait votre connaissance. »
Dès que ce drôle de journaliste a passé la porte, il se précipite sur son ordinateur pour vérifier s'il travaille bien au *Monde*.

Clichy

Un pas devant l'autre et recommencer, la meilleure façon de marcher. Il ne sent plus ses pieds, ni le reste de son corps. En sortant de la galerie, Raphaël fonce droit devant, remonte le boulevard Malesherbes, traverse le parc Monceau, parcourt plusieurs kilomètres pour finalement se retrouver de l'autre côté du périphérique, à Clichy. Il zigzague dans des rues inconnues, presse le pas pour ne pas s'effondrer. Est-il possible de tomber plus bas ? Il croise une foule de gens qui l'ignorent, il a l'impression d'être transparent. Il a froid. En remontant le col de son blouson, il se sent lamentable, moins que rien. C'est comme ça que sa mère appelait les copains de ses sœurs, ainsi que les siens. Des « moins-que-rien ». Enfant, il croyait que c'était un adjectif. Il est gelé jusqu'aux os. Il traverse le boulevard Victor-Hugo, et pense à son père qui récitait souvent des vers du poète. Il comprend maintenant l'air triste qu'il avait quand ils allaient pêcher. L'ennui des dimanches sans fin avec l'hameçon qui n'appâtait jamais rien. Ils rentraient bredouilles, et sa mère les narguait d'un sourire moqueur. Sans s'en douter, il avait été la déchirure de cet homme dominé.

Pourtant c'était un type bien, qui avait toujours fait de son mieux. La bandoulière de sa sacoche lui cisaille l'épaule, Raphaël souffre de partout.

Il a presque envie de rire, de hurler de rire, de hurler tout court. « Y'a quelqu'un là-haut ? » Il ferme les yeux pour retrouver les cierges et les anges qui entouraient les vitraux de l'église où, enfant, il allait pour passer le temps. Il s'agenouillait pour recevoir le corps du Christ et se souvient du goût de buvard qui l'emportait directement au ciel. Il y avait cru. Il pense à son enterrement et au texte du père Sertillanges qu'il voudrait qu'on lise ce jour-là : « On croit que la mort est une absence, quand elle est une présence discrète. On croit qu'elle crée une infinie distance, alors qu'elle supprime toute distance, en ramenant à l'esprit ce qui se localisait dans la chair. Vivre, c'est souvent se quitter ; mourir, c'est se rejoindre. »

Il commence à pleuvoir, Raphaël entre dans un parc pour s'abriter sous les arbres. Il bout à l'intérieur et grelotte en même temps. Il s'affale sur un banc. Et lève vers les nuages ses poings rageurs. C'est vide, il n'y a rien. Il sent monter en lui des bouffées de rage, mais pourquoi se débattre alors que tout est perdu d'avance ? Il extrait de son cartable le contrat qu'il déchire en mille morceaux. Tout brûler, voilà ce qu'il voudrait faire, mais il n'a pas de briquet. Il se souvient de la petite fille aux allumettes et voudrait mourir de froid, blotti contre elle. Ses mains lancent en l'air les petits papiers qui s'éparpillent comme des confettis avant de retomber dans la boue. Il gueule de plus belle : « Et voilà pour le livre. Dissous dans le néant. » Il éclate de rire.

« Toutes ces femmes, comment j'ai pu m'y intéresser ? Des folles hystériques qui menaient les hommes par le bout du nez et n'en faisaient qu'à leur tête ! Tous ces maris et ces amants passés aux oubliettes ! Dépossédés, rejetés. Comme moi. Et ces enfants naturels, ces héritages piétinés. Ça ne sert à rien de savoir d'où on vient. Et vivre pour qui, pour quoi ? L'amour, la passion, ah en voilà de jolis mots, des alibis pour nous cocufier. Pour quelques nuits torrides, on sort les violons. Tous des bâtards. »

Un groupe de gamins passe en riant devant lui. Il baisse le ton, et continue en marmonnant dans sa barbe. Puis il s'allonge sur le banc. Il ne rit plus. Il sent la pluie. Il goûte ses larmes au goût salé. C'est étrange, il est soudain si calme.

Il pense à Camille. Quinze ans près d'elle, et toujours cette même émotion chaque fois qu'il la retrouve. Sa peau, son corps, ses yeux, son odeur. Même les jours où ils se déchirent. Il aurait tant voulu vieillir près d'elle. Au moment de la perdre, il en prend enfin conscience : elle fut tout son bonheur.

Pourtant, il n'est plus possible de revenir en arrière. Il cache sa tête entre ses mains, comme un homme promis à un bagne sans fin. Il n'a pas le courage de se tuer, il va disparaître. Fuir. Il ne verra pas ses filles grandir. Les vrombissements de son âme coupent court à ses errances. Sa décision est prise.

Un point c'est tout

Il est repassé chez lui, personne à la maison. Il s'est douché, habillé, a fait sa valise. Avant de partir, il a déposé sur la table de la cuisine la lettre qu'il venait d'écrire. Il a essayé avec ses mots de dire à sa femme et à ses filles qu'il les aimait par-dessus tout. Ce trop-plein dont il s'était lui-même sevré se déversait comme un torrent dans ses veines. Comme si le diable avait ouvert les portes du paradis.

Il devait s'en aller, disparaître. Cela ne changerait pas grand-chose pour elles puisqu'il n'avait jamais été vraiment là.

… Sauf à ce moment où je vous quitte. Je ne vous demande pas pardon, ça ne sert à rien, ce que j'ai fait est impardonnable.

Camille, ton souffle m'a aidé à tenir debout. Tu es un ange, je le sais, moi qui viens de l'enfer. Tu es ce qui m'est arrivé de plus beau sur terre.

Promets-moi une chose. Tu dois téléphoner à Marie de Suez, 0605667812, et lui dire que c'est toi qui as écrit le livre. Ne t'en fais pas, elle comprendra.

Louise, ta venue au monde a été ma plus grande joie, je sais que tu vas devenir une femme exceptionnelle. J'en suis persuadé depuis toujours.

Et toi, Jeanne, ma danseuse étoile, tu vas en faire voir à toutes les galaxies, et j'applaudis à l'avance les univers que tu vas éclairer. Grâce à toi, je pars serein.

N'oubliez pas d'aller au bout de vos rêves. Vivez toutes vos passions à fond, c'est la seule chose qui compte. Émerveillez-vous, ne soyez jamais blasées. Et surtout prenez le temps d'aimer. À ces conditions seulement, la vie a un sens.

Peu importe d'où je viens, où je vais, je serai toujours à vos côtés, plus proche que jamais car j'ai désormais de l'amour à revendre, et il est à vous pour l'éternité. Je vous aime. D'un amour qui a été retenu et qui explose aujourd'hui. Tellement fort que j'en tremble. Il vous aurait submergées, je n'ai pas le choix.

Papa

Il a laissé ça, un point c'est tout.

Un parfum de violettes

Devant la librairie L'Écume des Pages, une queue pas possible. Certains de ses amis ont préféré attendre au Flore juste à côté, ils viendront plus tard. Camille est installée devant une petite table avec une pile de livres qui trônent dessus. Son roman *Un parfum de violettes* vient de paraître. Elle s'applique à dédicacer les livres qu'on lui tend, ça prend du temps d'écrire pour chacun une jolie déclaration. Ses amis, sa famille, même des gens qu'elle ne connaît pas sont là. Elle voudrait leur dire qu'elle les aime, qu'elle les remercie de l'aider à retrouver le sourire. Elle aperçoit Suzanne, un livre à la main, qui attend sagement son tour.

Ses filles illuminent les rayons de la librairie comme des soleils. Elles distribuent des verres de vin blanc en virevoltant. Enceinte jusqu'au cou, Dorothée s'est installée sur un tabouret, elle roucoule de fierté autant pour son amie que pour son gros ventre. Marie de Suez se pavane parmi les convives, et s'adresse à chacun avec empressement. Elle en fait un peu trop, mais elle est là pour ça.

Camille lève la tête et découvre sa mère, qui a fait

la queue comme tout le monde. Elle se penche pour lui écrire sa dédicace : « Pour maman que j'aime tant. Simplement merci, tout vient de toi, tu es l'inspiration et la source de ma vie. »

Le regard baigné de larmes, Mathilde lit et relit ces mots puis tourne la page, et découvre en exergue du livre : « Pour Raphaël, celui qui a éclairé mes jours ».

Trois ans plus tard, 2022

Papa,

Je t'envoie cette lettre par mail, comment faire autrement ? Tu n'as pas laissé d'adresse et le monde est si grand.

Tu penses n'avoir jamais eu ta place à la maison et pourtant elle était immense, vu le vide que tu as laissé. Le vide, c'est bien aussi ; ça permet de réfléchir. J'ai compris des tas de choses, mes idées ont de la place pour danser.

C'est dur d'avoir mon âge aujourd'hui. Les filles autour de moi, elles sont en colère contre tout. Les hommes, les OK-boomers qui ont saccagé la planète, les trop laxistes, les pas assez, les présidents, tous les grands, et leur mère, et leur père, elles mettent tout dans le même panier en croyant qu'elles seules ont raison. Elles sont intransigeantes, elles me font un peu peur. Elles t'auraient condamné.

Moi, je n'oublie pas, mais aujourd'hui je t'ai pardonné. Au début, je t'en ai voulu de nous avoir laissées, mais maintenant je sais que parfois on est envahi par des forces plus grandes que nous. Je sais bien que tout n'est pas noir ou blanc. Il y a tant de nuances. Papa, je t'aime. Je ne t'en veux pas. Tu as fait de ton mieux.

C'est avec toi que j'ai fait mes premiers pas, c'est toi

qui m'emmenais à l'école, qui m'a appris à nager et à traverser la rue toute seule. C'est toi qui me lisais des histoires, toi qui avais une grosse voix. Tu étais à tous mes spectacles de fin d'année, tu applaudissais et je n'entendais que tes bravos.

Je connais tes blessures et tes doutes. Quand tu tentais de t'en défaire en t'énervant contre nous, je te plaignais au lieu de te détester. Tu m'as appris à m'adapter à tes humeurs, à garder le cap quoi qu'il arrive. Ta fragilité est devenue ma force. Je sais que tu n'es pas parfait, mais je sais aussi que tu te battais contre des montagnes impossibles à escalader. Je voyais bien que tu t'étais cabossé tout partout en retombant plus bas que terre. Et quand tu te relevais et ouvrais les bras pour m'accueillir, j'étais si bien.

Je m'en sors pas mal, tu vas être fier, j'ai réussi tous mes concours et l'année prochaine, j'intègre l'Opéra pour de vrai. Je danse aussi pour toi.

Un jour on va se retrouver, j'ai rangé cet espoir dans un coin de ma tête et j'essaie de pas trop y penser.

Quand même, la vie est belle.

Et on va bien, ne t'en fais pas.

Jeanne

Playlist du livre

Y'a de la joie, Charles Trenet, 1936
Sous les jupes des filles, Alain Souchon, 1993
Déjeuner en paix, Stephan Eicher, 1991
Il venait d'avoir 18 ans, Dalida, 1973
Fascination, Pauline Darty, 1904
Je m'suis fait tout petit devant une poupée, Georges Brassens, 1956
Allô maman bobo, Alain Souchon, 1978
Dans la vie faut pas s'en faire, Maurice Chevalier, 1921
Qui c'est celui-là ?, Pierre Vassiliu, 1973
Premier rendez-vous, Danielle Darrieux, 1941
Ne me quitte pas, Jacques Brel, 1959
Mais je t'aime, Grand Corps Malade, 2020
Il suffit de presque rien, Serge Reggiani, 1968
Boum, Charles Trenet, 1938
Heroes, David Bowie, 1977

Remerciements

D'abord un grand merci à mes aïeules qui m'ont laissée broder autour de leurs vies et auxquelles je dois la mienne.

Un immense merci à Marie Alstadt, éditrice de rêve qui m'a accompagnée avec tant de patience en m'aidant à ne pas perdre le fil. Quelle joie de l'avoir rencontrée. Et elle est beaucoup plus canon que Marie de Suez !

Toute ma gratitude à Francis Esménard pour la confiance qu'il me témoigne.

Merci à Véronique Ovaldé pour ses précieux conseils.

Un merci de chaque instant à mon mari Jean-Marie qui est mon premier lecteur et celui qui compte tant.

Tous mes remerciements à mes enfants et petits-enfants pour ce qu'ils sont et ce qu'ils m'apportent chaque jour.

Sans oublier mon ami Léon, deux ans et demi, qui m'a donné l'idée du titre de ce livre, en regardant le vent par sa fenêtre.

DU MÊME AUTEUR

Aux éditions Albin Michel

AYA, 2019

Retrouvez toute l'actualité des éditions Albin Michel
sur notre site albin-michel.fr
et suivez-nous sur les réseaux sociaux !
Instagram : editionsalbinmichel
Facebook : Éditions Albin Michel
Twitter : AlbinMichel

Composition : Nord Compo
Éditions Albin Michel
22, rue Huyghens, 75014 Paris
www.albin-michel.fr
ISBN : 978-2-226-47442-1
N° d'édition : 25006/01 – N° d'impression : 2067916
Dépôt légal : février 2023
Imprimé en France